LIMA BARRETO

E A POLÍTICA:

OS "CONTOS ARGELINOS"
E OUTROS TEXTOS RECUPERADOS

MAURO ROSSO
Organização, introdução e notas

LIMA BARRETO E A POLÍTICA:

OS "CONTOS ARGELINOS" E OUTROS TEXTOS RECUPERADOS

EDITORA PUC RIO

Edições Loyola

Lima Barreto e a política: os "contos argelinos" e outros textos recuperados / organização, introdução e notas: Mauro Rosso. – Rio de Janeiro : Ed. PUC-Rio ; São Paulo : Ed. Loyola, 2010.

224 p. ; 23 cm

Inclui bibliografia.

1. Literatura e história. 2. Barreto, Lima – Crítica e interpretação. 3. Política e literatura – Brasil . I. Rosso, Mauro.

CDD: 902

Capa: Flávia da Matta Design
Diagramação: Flávia da Matta Design
Revisão de originais: Gilberto Scheid
Revisão de provas: Débora Fleck

Editora PUC-Rio
Rua Marquês de S. Vicente, 255 – Projeto Comunicar
casa Editora
22453-900 Rio de Janeiro, RJ
T/F 55 21 3527 1760 / 55 21 3527 1838
edpucrio@puc-rio.br
www.puc-rio.br/editorapucrio

Edições Loyola
Rua 1822, 341 – Ipiranga
04216-000 São Paulo, SP
T 55 11 3385 8500
F 55 11 2063 4275
editorial@loyola.com.br
vendas@loyola.com.br
www.loyola.com.br

ISBN (PUC-Rio): 978-85-87926-81-4

ISBN (Loyola): 978-85-15-03701-8

aos que sabem
da grandiosidade de Lima Barreto

Sumário

Abreviaturas

CLBFB Ref. a *Coleção Lima Barreto*. Francisco Assis Barbosa (org.). São Paulo: Editora Brasiliense, 1956.

HSEGL Ref. a *Histórias e sonhos*, de Lima Barreto. 1.ed. Rio de Janeiro: Livraria Editora de Gianlorenzo Schettino, 1920.

HSGEB Ref. a *Histórias e sonhos*, de Lima Barreto. 2.ed. Rio de Janeiro: Gráfica Editora Brasileira, 1951.

HSCLB Ref. a *Histórias e sonhos*, de Lima Barreto. 3.ed. In: *Coleção Lima Barreto*. Vol. VI. São Paulo: Editora Brasiliense, 1956.

DILBM Ref. a *Diário íntimo*. São Paulo/Rio de Janeiro: Editora Mérito, 1952.

ILLBM Ref. a *Impressões de leitura*. São Paulo/Rio de Janeiro: Editora Mérito, 1953.

BLBRP Ref. a *Bagatelas*. 1.ed. Rio de Janeiro: Empresa de Romances Populares, 1923.

BLBJS Ref. a *Os Bruzundangas*. 1.ed. Rio de Janeiro: Jacintho Ribeiro dos Santos Editor, 1922.

MLBM Ref. a *Marginália*. 1.ed. São Paulo/Rio de Janeiro: Editora Mérito, 1953.

Introdução

Esta é uma edição histórica – histórica no conjunto da obra contística de Lima Barreto e da própria literatura brasileira. Histórica, porquanto abriga o conjunto intitulado pelo próprio Lima Barreto de "contos argelinos", em número de 13, *per se* dotados de características muito especiais, que os tornam únicos na contística barretiana; porque apresenta 33 contos escritos em sua maioria à mesma época daqueles, e com eles guardando clara identidade de enfoque de teor político; porque oferece ainda dois textos relativamente inéditos de Lima Barreto, duas peças teatrais, ao que se sabe suas únicas tentativas nos domínios do que ele próprio alcunhou "exercícios de literatura dramática".

Tanto os "contos argelinos" como os demais contos pela primeiríssima vez serão publicados isoladamente em volume único – os "argelinos" originariamente integram a Parte III da 2ª edição da coletânea *Histórias e sonhos*, de 1951 (Gráfica Editora Brasileira, Rio de Janeiro), depois, a Parte II da 3ª edição, de 1956 ("Coleção Lima Barreto", editora Brasiliense, São Paulo); os outros contos integram exclusivamente a Parte III da 2ª edição da coletânea *Histórias e sonhos*. Nenhum desses contos foi publicado posteriormente, nem mesmo em antologias, coletâneas ou seletas – com o adendo de um aparato crítico que os contextualiza no pano de fundo de sua época e examina, para os "argelinos", como e por que foram concebidos e escritos por Lima Barreto.

Os "contos argelinos" destacam-se por sua excepcional especificidade e acentuada peculiaridade, constituindo um conjunto único na obra ficcional de Lima, com elementos próprios de temática (embora a crítica política, que é o caso deles, esteja presente em inúmeros de seus textos contísticos, romanescos, croniquescos e jornalísticos), mas, sobretudo, caracteres muito especiais de teor, timbre, linguagem, estilo e ambiência. Sobretudo pelo alto e expressivo tom de alegoria, no caso, extremamente sarcástico, e pela exploração do imaginário exótico e figurativo, por meio de simulacros. Representam autêntica *avis rara*, preciosidade no já *per se* rico acervo ficcional e não ficcional de um dos maiores escritores brasileiros. Os demais contos, bem como as peças teatrais, constituem exemplos bem-acabados da abordagem barretiana de questões políticas, fatos e figuras de sua época, e de sua ideologia estritamente crítica a toda forma de poder.

Permaneceram ambos os conjuntos de contos mais de cinco décadas – os "argelinos", de 1951 a 1956, depois de 1956 até hoje; os outros 33 contos de 1951 até agora – repousados nos fólios dos acervos de pouquíssimas bibliotecas públicas e mais raros ainda acervos particulares.

Há de se lamentar profundamente que, a par da intrínseca e incontestável relevância histórico-literária de Lima Barreto, a invejável riqueza temática de seus contos – poucos os praticaram com tanta consistência e coerência – e importante prenúncio estilístico – anunciador do modernismo –, o escritor não tenha merecido o obrigatório tratamento editorial ao longo de todos esses anos, desde 1920, quando veio à luz *Histórias e sonhos*, pelo editor Gianlorenzo Schettino, do Rio de Janeiro, única coletânea de contos que Lima Barreto teve publicada em vida. Se os romances barretianos têm merecido edições cuidadas (em maior ou menor grau) e frequentes, o mesmo não se dá na obra contística – cuja história/estória de edições e publicações é um complexo enredo, ou pior, um labirinto (digno de Minotauros) de erros, omissões, equívocos, mistérios e descaso.

Todas as edições contemporâneas de contos de Lima Barreto são incorretas, equivocadas e confusas: com critérios de seleção e organização discutíveis, inserem em certos conjuntos contos que deles não fazem parte, constituem blocos incompletos e errados, não fazem menção a textos importantes. É sabido o quanto Lima Barreto enfrentou dificuldades nas edições de suas obras, de um modo geral – haja vista que, no tocante a contos, teve apenas uma coletânea publicada em vida –, mas nada justifica os erros e o desrespeito praticados ao longo do tempo, mormente em períodos recentes.

Lima Barreto escreveu ao todo 105 contos, assim publicados:

- 7 contos, como "apêndice" à 1ª edição do romance *Triste fim de Policarpo Quaresma* (Typographia Revista dos Tribunais, Rio de Janeiro, 1915) – alguns desses contos considerados entre os melhores de sua lavra, mas não apareceram em qualquer das edições de *Histórias e sonhos*.
- 19 contos na citada 1ª edição de *Histórias e sonhos* (Livraria Editora de Gianlorenzo Schettino, Rio de Janeiro, 1920), contendo ainda um

prefácio de Lima Barreto, uma introdução à errata que aparece no final do volume e uma "Observação final" a respeito de Prudêncio Milanês, a quem o livro é dedicado.

- 18 contos, como "apêndice" à 4ª edição do romance *Vida e morte de M. J. Gonzaga de Sá* (ed. Mérito, Rio de Janeiro, 1949) – abrigando contos publicados em jornais e revistas do período de 1915-18, que da mesma forma não apareceram em qualquer das edições de *Histórias e sonhos*.
- a 2ª edição de *Histórias e sonhos*, em 1951 (Gráfica Editora Brasileira, Rio de Janeiro), organizada por Francisco de Assis Barbosa, contém uma Parte I com 17 dos 19 contos da 1ª edição, excluídos "Sua Excelência", incluído no volume póstumo *Os Bruzundangas* (Jacintho Ribeiro dos Santos Editor, Rio de Janeiro, 1922), e "A matemática não falha", incluído no também póstumo *Bagatelas* (Empresa de Romances Populares, Rio de Janeiro, 1923); uma Parte II intitulada "Outras Histórias", com 14 contos, não constantes da 1ª edição de *Histórias e sonhos*; e uma Parte III denominada "Contos argelinos", com os 13 propriamente ditos e mais 33 contos (que nunca mais foram editados e publicados).
- uma 3ª edição de *Histórias e sonhos* integra a "Coleção Lima Barreto", em 17 volumes, de 1956 (ed. Brasiliense, São Paulo), organizada por Francisco Assis Barbosa, Antonio Houaiss e M. Cavalcanti Proença, contendo na Parte I os 19 contos das 1ª e 2ª edições, na Parte II os 14 da 2ª edição e os 13 "contos argelinos" – mas sem incluir aqueles 34 contos abrigados na 2ª edição de *Histórias e sonhos*.

A par de inúmeras edições (específicas, esporádicas e 'episódicas') de coletâneas – algumas com fins pretensamente didáticos e paradidáticos, por parte das editoras tradicionalmente atuantes nessa área; a maioria de cunho nitidamente comercial (do tipo "A Nova Califórnia e outros contos de Lima Barreto", "O homem que sabia javanês e outros contos de Lima Barreto", "Os melhores [*sic*] contos de Lima Barreto" etc.), reunindo discutíveis seleções de contos –, uma das mais importantes edições peca por incompletudes e equívocos difíceis de entender: *Prosa seleta* (Nova Aguilar, Rio de Janeiro, 2001) abriga sob a rubrica "Histórias e sonhos" 26 contos – só que nenhum deles faz parte do livro original sob esse título – e sob a rubrica "Outros Contos" apresenta apenas 11 dos "contos argelinos" – ausentes

"A solidariedade de Al-Bandeirah" e "O desconto" – e mais 9 dentre aqueles 14 englobados no bloco "Outros contos recolhidos" na 2ª edição de *Histórias e sonhos*, de 1951.

Em contrapartida, a edição publicada em 2005 pela Crisálida, *Contos reunidos de Afonso Henriques de Lima Barreto*, organizada por Oséias Ferraz, que abriga 58 contos, oferece seleção correta e criteriosa, mas da mesma forma omite os "contos argelinos" e os aludidos 33 contos.

Digna de importância é esta edição também – e especialmente – porque, com enfoque inédito na apreciação crítica da obra de Lima Barreto, examina-se aqui a relação do autor dos "contos argelinos" com o patrimonialismo – este conceito weberiano, estudado e interpretado entre nós por luminares como Oliveira Vianna, Sergio Buarque de Holanda, Raymundo Faoro, Simon Schwartzman, e tão inerente à própria ordem política brasileira –, um elemento até então ausente do rol temático sob o qual são analisados os escritos ficcionais e não ficcionais de Lima Barreto.

E Lima Barreto – a par de crítico intransigente, veemente da política, dos políticos, dos governos republicanos, da República em si, da burguesia e dos burgueses, dos intelectuais e literatos nefelibatas de escrita 'aristocrática', do militarismo – era essencialmente um antipatrimonialista, no sentido e na medida de sua ferrenha oposição ao poder e seus estamentos institucionais e sociais.

Reside aí a razão de ser dos "contos argelinos": Lima Barreto os teria concebido e criado – com seus jogos de simulacros, alegorias e paródias, e pela conotação que o âmbito de "sultões, quedivas, felás do Império Otomano" e da cultura muçulmana contêm – como a própria expressão ficcional do patrimonialismo e seus fundamentos ideológicos e históricos.

O conto em Lima Barreto

Como contista, Lima Barreto não chegou a ser um virtuose, mas produziu pequenas obras-primas da narrativa curta. Virtuose não podia ser, porquanto, a par de outros aspectos, era conscientemente praticante de uma escrita diferenciada de seus pares, até porque era ele mesmo diferenciado literária, ideológica e socialmente dos contemporâneos. Seus contos, em maior ou menor grau, são exemplos de relações e interações entre modos tradicionais de narrar e as especificidades do denominado conto moderno. Fogem, todos eles, de parâmetros estabelecidos para o gênero; mantêm, sob a qualidade literária intrínseca, amplitude e coerência temáticas e estilísticas presentes de resto em toda sua obra ficcional – nos romances e nas novelas – e em seus artigos e crônicas. Alta qualidade e perfeita coerência que combinadas, como se sabe, caracterizam todo grande autor.

Lima Barreto impôs na ficção literária, em especial na seara contística – com seu estilo simples, direto e objetivo,[1] que feria o convencionalismo literário da época, impregnado de falsas concepções estéticas, floreios etc. –, os prenúncios do Modernismo logo a seguir irrompante na cultura brasileira, cujos primeiros elementos e formas apareceram justamente pela linguagem típica da escrita barretiana. Não à toa despertou interesse e respeito por parte de Mário de Andrade, do alto de sua "autoridade" de contista e teórico da construção ficcional, e levou, por exemplo, Sergio Milliet a escrever:

---

1. A escrita barretiana, baseada na oralidade, contrária ao rebuscamento estéril que caracterizava a época, teve apenas uma única exceção: no conto "Como o 'homem' chegou", incluído no apêndice da 1ª edição de *Triste fim de Policarpo Quaresma*, utiliza propositadamente uma linguagem 'empolada', por vezes cansativa, repetitiva – só que sob evidente intuito de ironia e sátira; com "uma função antirretórica, ou seja, complicada de propósito, parece indicar ela mesma que o melhor caminho é a simplicidade", observa o crítico Antonio Arnoni Prado (PRADO, 1980, p. 81).

(...) Lembro-me da grande admiração que tinha por Lima Barreto o grupo paulista de 22. Alguns entre nós, como Alcântara Machado, andavam obcecados. O que mais nos espantava então era o estilo direto, a precisão descritiva da frase, a atitude antiliterária, a limpeza de sua prosa, objetivos que os modernistas também visavam. Mas admirávamos por outro lado sua irreverência fria, a quase crueldade científica com que analisava uma personagem, a ironia mordaz, a agudeza que revelava na marcação dos caracteres.[2]

Não mais fosse por outros argumentos, mormente por motivos ideológicos, Lima foi criticado [por vezes e por alguns ainda é] pelas "imperfeições de estilo" e pelo "tom caricatural" com que retratava seus personagens. Convém esclarecer que os exemplos de "erros gramaticais" apontados em sua obra ficcional não caracterizam necessariamente um desconhecimento das regras do escrever, e sim o que especialistas configuram como "concordância ideológica". Segundo o professor e filólogo Silva Ramos, defeitos e irregularidades em Lima Barreto decorrem não de uma "imperícia gramatical", mas de uma escolha feita pelo autor, dentre mais de um processo de expressão, que possibilita a tradução de seu pensamento ou sentimento: não são as palavras, a ordem em que são dispostas que vale, mas as ideias que exprimem, os sentimentos que fazem vibrar.

Lima Barreto não sabe é alinhar palavras vazias de sentido que só encantem pela sonoridade de expressão. Jamais consentiria ele que um vocábulo soasse oco e não revestisse uma noção. A verdade é que nos tempos que correm já se não compreende que alguém pegue uma pena se não tiver alguma coisa para dizer. É que não nos contentamos mais com palavras, queremos ideias; e seus romances, novelas e contos obrigam a pensar [carta de 21/6/1919].

Para o crítico Antônio Arnoni Prado, "Lima Barreto sempre soube fazer uso abrangente da linguagem, rica de comunicação e de recursos expressivos, para a comunicação militante de sua arte, jogando com as palavras para de-

2. Artigo "Noticiário", em *O Estado de S. Paulo*, São Paulo, 11/11/1948, p. D-5: nas páginas da então incipiente revista *Klaxon* (1921), os modernistas paulistas se propunham também a "descoelhonetizar" a literatura brasileira, rompendo com os cânones acadêmicos, objetivos bastante semelhantes aos da revista *Floreal*, que Lima criara em 1907 e só durou quatro números.

las extrair os efeitos estéticos ou funcionais que a natureza do texto exigisse".[3] Antonio Candido vaticina que em Lima Barreto vê-se "um projeto literário elaborado, pelo menos em tese, de forma bastante orgânica, ou seja, a escolha de uma forma determinada para o tratamento de temas específicos".[4] Para Alceu Amoroso Lima, "[Lima Barreto] escrevia literalmente ao correr da pena, porque fugia a todo vernaculismo intencional; a palavra lhe vinha sempre fácil e correntia, natural e transparente".[5]

Importante lembrar que a época era dominada por duas vogas literárias: de um lado o parnasianismo, inócuo, oco e ressonante, de outro, a linguagem empolada, o 'clássico' calcado em expressões cediças e de figuras de efeito, cheia de arabescos estilísticos – ambas apresentam uma literatura impregnada de vocábulos garimpados, do virtuosismo linguístico e verborrágico, expressão da frivolidade dominante. No Rio de Janeiro, os intelectuais e literatos, de certa forma alheios às contradições, logo se integraram ao processo de construção e aceitação dos novos ideais republicanos – no que delinearam o movimento literário da chamada *Belle Époque* carioca, definida por "uma produção narcisista, descompromissada, escapista, aristocraticamente (pseudo) refinada, de temática elitista, de muito epigonismo, exercícios academicistas, vocabulário rebuscado e sintaxe preciosa, ornamentações linguísticas, a estética do brilho/luxo na atitude de *épater le bourgeois*", tendo como escritores típicos, entre outros, Olavo Bilac, Coelho Neto,[6] João do

3. PRADO, 1998, pp. 44-45.

4. CANDIDO, 1976, p. D-3; 1987, p. 63.

5. AMOROSO LIMA, 1949, p. 51.

6. Como exemplo ilustrativo da frivolidade dominante, proliferavam então as conferências literárias: eram de Coelho Neto, de Olavo Bilac, Medeiros e Albuquerque as mais concorridas conferências, predominante a presença de senhoras e mocinhas para ouvirem palestras sobre "a água", "o fogo", "a noite", "a tentação", "o dia", "a rua", "a mão e o pé" (cf. MIGUEL-PEREIRA, 1950, p. 75). Em *Recordações do escrivão Isaías Caminha*, Lima Barreto refere-se às conferências de Coelho Neto, encarnado no literato Veiga Filho: "(...) – Veiga, disse Floc depois dos cumprimentos, gostei muito de tua conferência. Foi uma epopeia, uma ode triunfal ao grande corso! (...) E quanta gente! Muitas senhoras, moças, gente fina... Estavam as Wallestein, as Bostocks, as Clarks Walkovers... Podes-te gabar que tens o melhor auditório feminino da cidade... Nem o Bilac (...)"

Coelho Neto então sobressaía como "a grande presença literária entre o crepúsculo do Romantismo e a Semana de 22, e de acordo com estudiosos da literatura brasileira ninguém como ele encarnou "mais dramaticamente" o problema da forma: romântico por inclinação e

Rio, Afrânio Peixoto, Elisio de Carvalho, Figueiredo Pimentel (é dele a conhecida frase "o Rio de Janeiro civiliza-se!"), Medeiros e Albuquerque. Praticava-se um estilo mundano, meio jornalístico, pretensamente sofisticado, como apregoado por Afrânio Peixoto: "A literatura é o sorriso da sociedade. Quando ela é feliz, a sociedade, o espírito se lhe compraz nas artes e, na arte literária, com ficção e com poesias, as mais graciosas expressões da imaginação (...)."[7]

No polo oposto ao aristocratismo da escrita de então e aos nefelibatas da linguagem, tinha-se em Lima Barreto um registro da língua 'brasileira' do início do século XX e um ritmo genuinamente nacional que prenunciava a linguagem modernista. Segundo o historiador e ensaísta Nicolau Sevcenko,

> chama muito à atenção quando se lê a obra do Lima Barreto a atualidade dessa obra não só em termos de linguagem – uma linguagem bastante acessível, bastante próxima até da oralidade – pela qual foi muito criticado pelos seus pares e intelectuais da época. Mas não só por essa linguagem, mas também pelos temas de que ele trata e pelo modo como os trata. Pode-se ir além porque muitos problemas do Brasil que ele pensa naquela época, que ele critica, e que ele, enfim, desenvolve como reflexão permanecem absolutamente atuais.[8]

Convictamente decidido a romper com o figurino estilístico e literário vigente, sua escrita simples, direta e objetiva nada tinha a ver com a pompa, o floreio da retórica de então. Lima Barreto era o antiacadêmico por excelência, já então conhecido e reconhecido pela publicação das 2ª e 3ª edições (as primeiras feitas no Brasil: a 1ª edição do livro foi impressa em Portugal, em 1909) de *Recordações do escrivão Isaías Caminha* e por *Triste*

---

formação natural, realista em algumas obras, simbolista em outras, sobretudo parnasiano na essência da maioria de seus escritos, a Coelho Neto na verdade nunca faltou capacidade criadora, mas ele próprio a relegou a segundo plano em sua obsessão da escrita de efeito, obsessão que o levou a procurar seguir todas as correntes literárias da época em que viveu. Com tais 'deficiências', Coelho Neto morreu – sustenta José Veríssimo – "sem descobrir que querendo ser primitivo e heleno, colher motivos em lendas nórdicas e orientais, exprimir a natureza de sua terra e a gente contemporânea, fazendo isso tudo menos por curiosidade intelectual do que pelo prazer de ouvir soarem vocábulos exóticos ou onomatopaicos, só conseguia imprimir à sua obra um cunho falso de artificialismo" (VERISSIMO, 1916, p. 143).

7. PEIXOTO, 1940, p. 79.

8. SEVCENKO, 1983, p. 217.

fim de Policarpo Quaresma, digno de admiração e respeito como um dos grandes autores da época, mesmo ostentando de certa forma a imagem e o conceito de 'escritor maldito'. Exemplo claro da literatura diferenciada e de alta qualidade que fazia, Lima Barreto foi agraciado com extrema consideração e atenção por parte de intelectuais e escritores importantes, como, por exemplo, Monteiro Lobato, que a ele solicitou colaboração na *Revista do Brasil* e dele publicou a 1ª edição de *Vida e morte de M. J. Gonzaga de Sá* – o primeiro e talvez único de seus livros, enquanto ele viveu, a receber tratamento editorial-gráfico de qualidade.

Contrariamente à maioria de seus contemporâneos, praticantes dessa escrita floreada e vazia, aristocrática e fútil, verdadeiros instrumentos literários do "sorriso da sociedade", Lima Barreto conferia à sua obra ficcional o sentido militante de uma "missão social, de contribuir para a felicidade de um povo, de uma nação, da humanidade". Em sua concepção, a literatura tinha de ser "militante", com objetivo concreto e definido: as ideias contidas no artigo "Amplius!", publicado originalmente no primeiro número da *Floreal*, em 25/10/1907, depois em *A Época*, em 18/2/1916, e incorporado como abertura da coletânea de contos *Histórias e sonhos* (em todas suas três edições), expressam suas concepções sobre a arte literária.

> (...) Parece-me que o nosso dever de escritores sinceros e honestos é deixar de lado todas as velhas regras, toda a disciplina exterior dos gêneros, e aproveitar de cada um deles o que puder e procurar, conforme a inspiração própria, para tentar reformar certas usanças, sugerir dúvidas, levantar julgamentos adormecidos, difundir as nossas grandes e altas emoções em face do mundo e do sofrimento dos homens, para soldar, ligar a humanidade em uma maior, em que caibam todas, pela revelação das almas individuais e do que elas têm em comum e dependente entre si.
>
> A literatura do nosso tempo vem sendo isso nas suas maiores manifestações, e possa ela realizar, pela virtude da forma, não mais a tal beleza perfeita da falecida Grécia, não mais a exaltação do amor que nunca esteve a perecer; mas a comunhão dos homens de todas as raças e classes, fazendo que todos se compreendam, na infinita dor de serem homens, e se entendam sob o açoite da vida, para maior glória e perfeição da humanidade. (...) Não desejamos mais uma literatura contemplativa, o que raramente ela foi; não é mais uma literatura plástica, manequins atualmente, pois a alma que os animava já se evolou com a morte dos que os adoravam; digamos

não a uma literatura puramente contemplativa, estilizante sem cogitações outras que não as da arte poética, consagrada no círculo dos grandes burgueses embotados pelo dinheiro, de amplo emprego por pretensos intelectuais, bacharéis e políticos (...) a obra de arte tem por fim dizer o que os simples fatos não dizem. Este é meu escopo. Vim para a literatura com todo o desinteresse e toda coragem. As letras são o fim da minha vida. Eu não peço delas senão aquilo que elas me podem dar: glória![9]

Além da ferrenha oposição à escrita aristocrática – "a literatura predominante como literatura da classe dominante" –, Lima Barreto rejeitava terminantemente fazer de seu trabalho jornalístico, assim como de sua obra literária, ficcional ou não ficcional, "instrumento de propaganda do sonho republicano de falso progresso e falsa civilização". Sustentava que fazia "uma literatura militante, de obras que se ocupam com o debate das questões da época (...), por oposição às letras que limitavam-se às preocupações da forma, dos casos sentimentais e amorosos e da idealização da natureza."[10] Dono de obra ficcional e não ficcional com vigoroso fulcro ideológico, Lima Barreto buscava na politização da literatura um sentido sobretudo ético. Na única conferência literária que iria pronunciar, mas acabou não fazendo – "O destino da Literatura", em Rio Preto, São Paulo, em fevereiro de 1921,[11] por insistência de Ranulfo Prata –, foi explícito:

A Beleza não está na forma, no encanto plástico, na proporção e harmonia das partes, como querem os helenizantes de última hora. A importância da obra literária que se quer bela sem desprezar os atributos externos de perfeição de forma, de estilo, deve residir na exteriorização de um certo e determinado pensamento de interesse humano. (...) E o destino da literatura é tornar sensível, assimilável, vulgar esse grande ideal de fraternidade e de justiça entre os homens para que ela cumpra ainda uma vez sua missão quase divina. Mais do que qualquer outra atividade espiritual da nossa espécie, a Arte, especialmente a Literatura, a que me dediquei e com quem me casei; mais do que ela, nenhum outro qualquer meio de comunicação entre os homens, em virtude mesmo do seu poder de contágio, teve, tem e terá um grande destino em nossa triste humanidade.

9. HSEGL (1920, p. 5); HSEB (1951, p. 9); CLBFB, v. VI (1956, p. 7).
10. ILLBM (1953, p. 65); CLBFB, v. XIII (1956, p. 7).
11. Publicada na *Revista Souza Cruz*, Rio de Janeiro, 1921.

Marginalizado por suas origens e condição social, execrado por ser "passadista e contrário à modernização", Lima Barreto enfrentou as marcas de seu tempo e da sociedade brasileira que lhe foi contemporânea. Seu projeto era um projeto para uma vida inteira de militância literária contra o preconceito, e também "contra os falsos intelectuais, contra um academismo espelhado no modelo europeu, contra uma literatura só de deleite, como ornamento". A pretensa beleza estilística, os atributos externos formais de perfeição, de forma, de estilo, de vocabulário, não poderiam prescindir da "exteriorização de um certo e determinado pensamento de interesse humano, que fale do problema angustioso do nosso destino em face do Infinito e do Mistério que nos cerca, e aluda às questões de nossa conduta na vida".[12]

Esse ideal entendia "ser impossível cumprir sob a égide acadêmica". Tanto nos romances e contos como nas crônicas e artigos, Lima Barreto exerceu sempre uma crítica à cultura da modernidade contra a opressão social e a hipocrisia política – tal como se revelaram na implementação da República. A opção por uma literatura militante determinou o caráter marginal (e 'revolucionário', para muitos estudiosos) de sua obra: sua visão crítica da sociedade, da política e da cultura, renderam-lhe frutos amargos – desprezo do público, penúria econômica, alcoolismo e doença, internação em manicômio. A "esperança", mencionada naquela entrevista de fevereiro de 1916, alimentava-se na verdade da recusa impassível em transigir com o que demandava popularidade – o aburguesamento do escritor, por via da adesão aos temas da moda, que fortaleciam os interesses políticos, econômicos, sociais e culturais da República. Nada, porém, o fez submeter-se a esses valores.

Na obra de Lima Barreto, consciente como era das questões cruciais de seu tempo, a amplitude de temas é acoplada a uma função crítica, combatente e ativista de seus textos. Uma obra que inclui em seu temário: movimentos históricos, relações sociais e raciais, transformações sociais, políticas, econômicas e culturais, ideais sociais, políticos e econômicos, crítica social, política, moral e cultural, discussões filosóficas e científicas, referências ao cotidiano urbano, à política nacional e internacional, à burocracia, análises históricas. Politizado, sua preocupação maior é abranger o mais que pode, no maior volume e amplitude possíveis, a realidade social brasileira, quer na literatura ficcional, quer na não ficcional.

---

12. BLBRP (1923, p. 69); CLBFB, vol. IX (1956, p. 83).

Seja na obra não ficcional, seja em seus romances e novelas, seja nos contos – em que se denotam os mesmos eixos temáticos em torno dos quais desenvolve-se sua obra romanesca e sua obra não ficcional: a política; a mulher; o cotidiano da cidade; a vida literária –, Lima Barreto não deixa de perceber, registrar e comentar os acontecimentos mais importantes da época, essencialmente as contradições da pretensa modernidade que se dizia ser implementada com o regime republicano brasileiro. Como um vasto painel desdobrado em quadros sucessivos, nos escritos de Lima Barreto estão os episódios culminantes da insurreição anti-Floriano, a campanha contra a febre amarela, a ação de Rio Branco, o governo Hermes da Fonseca, a Primeira Guerra Mundial, as eleições, as greves operárias, a visita do Rei Alberto, a Semana de Arte Moderna, a carestia da vida, o arrivismo, a especulação financeira, o capitalismo, a reforma urbana, o 'bota-abaixo!', o cotidiano da cidade, o futebol e o jogo do bicho, o carnaval, o cinema, os crimes ditos passionais, o advento do feminismo.[13]

---

13. Nunca silencioso sobre seu tempo, Lima Barreto não poderia ficar alheio à situação da mulher na realidade social brasileira do início do século XX, época de tantas e profundas transformações na sociedade: escreveu sobre a mulher em artigos e crônicas [ainda que sob um caráter de ambiguidade, ora a criticando, por vezes atacando, ora a defendendo, muitas vezes enaltecendo; dizia-se "antifeminista", punha-se abertamente contra os movimentos feministas, mas defendia a necessidade de instrução para a mulher; repelia o ingresso da mulher no serviço público ("... rendosos cargos para as mulheres das classes sociais mais favorecidas: e as reivindicações das operárias?..."), mas era a favor do divórcio; imbuído da moral do seu tempo, retratava a mulher pela ótica comum, mas denunciava sua "absurda" situação de dependência em relação aos homens. Longe, muito longe, portanto, encontra-se ele da falsa, equivocadíssima acusação de misoginia, posicionado na realidade contra o movimento feminista brasileiro – o que ele denominava "feminismo bastardo, burocrata" – não contra as mulheres, e sim como ojeriza aos signos do progresso republicano. Sempre deu à mulher espaço significativo em sua obra não ficcional e ficcional: retratou-a e a fez protagonista nos romances e novelas – haja visto Olga e Edgarda em *Triste fim de Policarpo Quaresma*; Clara e Castorina em *Clara dos Anjos*; Efigênia em *O cemitério dos vivos*; Cecília em *Diário íntimo*, Edgard e Ângela em *Numa e a ninfa* – e em contos como "Um especialista", "O filho da Gabriela", "Um e outro", "Miss Edith e seu tio", "Cló", "Adélia", "Lívia", "Clara dos Anjos", "Uma vagabunda", "Uma conversa vulgar", "O número da sepultura", "Quase ela deu o sim, mas...", "Numa e a ninfa", "A cartomante", "O cemitério", "Na janela", "A mulher do Anacleto" [cf. ROSSO, 2005].

Em outro viés, no cotidiano da cidade, estão suas idiossincrasias ficcionais e não ficcionais sobretudo contra o futebol – visto por ele como 'instrumento e meio de estrangeirismo', de assimilação de elementos, valores e hábitos copiados em prol de um "pretenso, falso, artificial

Nos contos de Lima Barreto estão contidos os traços recorrentes de sua obra ficcional, registra Sevcenko:[14] obsessão da origem, marcas da religiosidade, evocação do mistério e da surpresa, emocionadas descrições dos subúrbios cariocas, as periferias urbanas, a divisão de classes, a exclusão social, os pobres e os enjeitados, os traços da raça (nestes, suas denúncias ao contexto cientificista e darwinista predominante desde a década de 1870, teorias em crescente absorção por parte da maioria dos intelectuais, inclusive Euclides da Cunha, de uma "hierarquia entre povos e indivíduos apoiada por conceitos da ciência comprometida com pressupostos ideológicos, determinada por vetores da evolução natural e determinantes dos quinhões de talento, inteligência e senso moral"[*sic*]).

Sua obra contística – no mesmo diapasão da romanesca e da jornalística – constitui um conjunto de registros variados do Brasil, sempre emocionados e opinativos, geralmente irados, quase sempre sarcásticos, satíricos, irônicos – chegando à radical crítica alegórico-figurativa nos "contos argelinos", nos textos de *Os Bruzundangas* e em *Coisas do Reino de Jambon* e especialmente nos "contos argelinos".[15] Sucedem-se nos textos barretianos flagrantes urbanos, o bovarismo das elites dirigentes e dos diplomatas (e do brasileiro em geral), as elites econômicas, a burocracia. Poucos escritores, na literatura brasileira, criaram e apresentaram um elenco de personagens tão variado e vasto – homens e mulheres despojados pela sorte, políticos empenhados unicamente com o poder, pseudointelectuais abarrotados de retórica e voltados

---

e detestável progresso bem a gosto desta República de bacharéis e aristocratas": além de muitos artigos e crônicas, o futebol é criticado irônico-sarcástico-impiedosamente em contos como "A biblioteca", "Quase ela deu o sim, mas...", "A doença do Antunes" (cf. ROSSO, 2006).

14. *Op. cit.*, p. 189.

15. Nesse particular, vale observar que o início do século XX e o advento da República evidenciaram um nítido fim do que se poderia denominar 'período artístico' na literatura brasileira, a sutil ironia machadiana sendo substituída pela amarga sátira, uma sátira que não hesita em converter-se em impiedoso sarcasmo – que ninguém, à época, tão bem entendeu, assimilou e praticou como Lima Barreto.

Se Machado de Assis foi o intérprete crítico do Império (mas não exclusivamente), Lima Barreto foi *o* crítico da República – ambos utilizando, em modos, formas e graus específicos, o humor, em ambos funcionando como elemento-chave da construção formal a ironia bem visível, tanto na obra de Machado de Assis (neste, como uma reflexão pessimista relativa à vida como um todo), quanto na de Lima Barreto (nele, presente o que o crítico canadense Northrop Frye chamou de "ironia militante").

para a futilidade, militares crentes da própria infalibilidade e "ignorantes das coisas da guerra", donos de jornais venais e corruptos, magnatas, banqueiros, empresários, fazendeiros do café, burocratas, pequenos burgueses, arrivistas, charlatães, almofadinhas, melindrosas, aristocratas, gente do subúrbio, operários, artesãos, vadios, mendigos, bêbados, meliantes, prostitutas, mandriões, subempregados, artistas, coristas, alcoviteiras, funcionários, moças casadoiras, noivas, solteironas, loucos, adúlteros, agitadores, usurários, estrangeiros.

E como é inerente a um grande narrador/comentarista de costumes, o que nunca deixou de ser também nos textos ficcionais, Lima Barreto cria e recria situações da existência humana, desfila personagens insólitos, exóticos e comuns – mas intensos e vívidos – e destila sua demolidora ironia em contos permeados, às vezes de amarga crueza, outras vezes de franco lirismo, como os celebrados "A Nova Califórnia" e "O homem que sabia javanês", como o antológico "O moleque", como "Uma noite no Lírico", "Como o homem chegou", "Agarius auditae", "Um músico extraordinário", "Mágoa que rala", "A barganha", "O único assassinato do Cazuza", "Manel Campineiro", "Milagre de Natal", "Foi buscar lã...", "O jornalista", "O tal negócio de 'prestrações'...", "O meu carnaval", "Fim de um sonho", "Lourenço, o Magnífico", "O pecado", "Um que vendeu sua alma", "Porque não se matava", "Uma conversa", "O caçador doméstico", "Dentes negros e cabelos azuis", "A indústria da caridade".

Opositor irascível, implacável e demolidor da República, utilizando *ad nauseam* os recursos da sátira, da ironia, da caricatura, do humor cáustico, da crítica contundente, Lima desmontou todo o esquema de sustentação do regime republicano recém-implantado. As mazelas do governo republicano, o grau de corrupção política e econômica que empestava o regime, não se cansou de causticá-las por toda sua obra. Crítico intransigente dos presidentes republicanos, da intervenção dos militares na política, de formas de governo autoritário e ultracentralizado e militarizado, de todo e qualquer tipo de violência na sociedade, das ideologias intolerantes, temas e itens como os "métodos de dominação surgidos na República, com aliança entre a aristocracia rural e os financistas da burguesia emergente", a "atuação elitista da oligarquia cafeeira de São Paulo", as "críticas à artificialidade e falso poder dos títulos acadêmicos, à futilidade da literatura 'aristocrática'" estão difundidos por quase sessenta contos, de explícito teor político (cerca de

60% de sua produção de narrativa curta) – entre eles, preciosidades como "Sua Excelência", "Congresso Pan-planetário", "O feiticeiro e o deputado", "A matemática não falha", "A sombra do Romariz", "O falso Dom Henrique", "Eficiência militar" – e em especial nos "contos argelinos", que se destacam no conjunto por peculiaridades muito específicas, e nos 33 contos expostos no presente livro.

Lima Barreto e a política

Em essência, Lima Barreto sempre tratou mais de política do que de qualquer outro assunto. Ninguém como ele, em seu tempo, escreveu tanto sobre o tema e, por extensão, sobre questões sociais. Sua 'literatura militante', assim por ele definida, determina o caráter marginal de sua obra: sua visão crítica da sociedade o fez enveredar concreta e irreversivelmente no caminho da luta social; nos jornais e revistas investiu contra todos os signos do poder, nos textos ficcionais denunciou as profundas injustiças da sociedade brasileira.

Toda a obra barretiana desenvolve-se a partir e em torno de um tema nuclear: o poder e seus efeitos discricionários – o poder visto e descrito por ele como "o variado conjunto de elementos, vetores e procedimentos encadeados no interior da sociedade, compondo grandes e pequenas cadeias, visíveis e invisíveis, tendentes a restringir e constringir o pensamento dos homens, coibindo-lhes as possibilidades de afirmação pessoal, cultural, profissional, social, e a justa inserção social"[1]. Lima tinha a visão verticalizada, analisando desde as estruturas políticas como o governo e as ideologias, e as instituições culturais como a imprensa e a ciência, até os modelos determinantes do comportamento coletivo e do relacionamento cotidiano.

Crítico implacável da pretensa modernidade que se queria implementar com a República, avesso a todas as formas de assimilação de valores estrangeiros (no bojo, por exemplo, de sua resistência ao futebol, ao cinema e à cultura importada), defensor, por vezes intransigente, de uma brasilidade que sustentava devia permear a "autêntica língua nacional", foi no entanto opositor ativo do nacionalismo ufanista surgido no final do século XIX e início do XX,[2] a começar por questionar as imagens errôneas que o Brasil

1. BLBRP (1923, p. 116).

2. Vivia-se uma época – regida pelo refrão "amor febril pelo Brasil", presente em muitos hinos, durante a Campanha Nacionalista dos anos da Primeira Guerra Mundial, quando intelectuais

fazia de si mesmo, levando *ad absurdum* os clichês e mitos nacionalistas e os desmascarando um a um. No romance *Triste fim de Policarpo Quaresma* parodia implicitamente o opúsculo patrioteiro de Afonso Celso, filho de seu protetor, intitulado *Por que me ufano do meu país* (1901), livro muito popular no começo do século XX, que deu origem ao termo ufanismo e foi traduzido para diversas línguas na época, inclusive o alemão.[3] Lima Barreto inclusive alertava para o que denominava "um dos mitos mais perigosos, o do patriotismo: no fundo, os patriotas grandiloquentes de plantão não passam de traidores da pátria, pois a usam para a sua própria autopromoção e enriquecimento (...), a sociedade de classes e o Estado a instrumentalizarem o patriotismo e o nacionalismo em favor do interesse das elites"[4]. Em contrapartida, procurou esboçar um patriotismo social, com consciência histórica e respeito pela cidadania, ancorado na cultura própria, resistente ao cosmopolitismo e de reconhecimento da mestiçagem – étnica, social e cultural – no Brasil.

---

como Olavo Bilac, autor da letra do "Hino à Bandeira", lideraram a campanha pelo serviço militar obrigatório – impregnada do pensamento positivista, em que patriotismo e nacionalismo se integravam, com o elevado tom de xenofobia que costuma acompanhá-los e exarcebados por um sentimento antiportuguês como reação dos tempos republicanos a tudo que vinha do Império. Exacerbação patrioteira transposta num 'nacionalismo ornamental' que inflamou, por exemplo, Elísio de Carvalho no livro *Esplendor e decadência da sociedade brasileira* (1910), expondo uma visão aristocrática, nativista e desenvolvendo um nacionalismo triunfalista, que via na grandeza do país o fruto dos esforços das elites arianas e fidalgas; essência temática que inspiraria também Oliveira Viana em 1920, com *Populações meridionais do Brasil*, inclusive fomentando um nacionalismo autoritário e conservador, caldo de cultura do militarismo, que iria predominar nas décadas de 1920 e 1930 – embora em contraponto os anos de 1920 trouxessem, no movimento modernista eclodido na Semana de Arte Moderna, ideias, conceitos e atitudes mais fecundas e construtivas no campo da literatura, das artes e do pensamento (CANDIDO, 2004, pp. 215-17).

3. Vale observar um nacionalismo linguístico preconizado por Lima Barreto em *Policarpo Quaresma* e sua reivindicação de abrasileirar o português literário – de resto, uma meta traçada por muitos escritores desde o Romantismo e seguida com maior ou menor radicalismo pelos modernistas, depois por Guimarães Rosa e outros. *Policarpo* também defendia e praticava um nacionalismo econômico, reivindicando medidas protecionistas para a indústria brasileira e só comprando produtos nacionais (CLBFB, 1956, v. II).

4. MLBM (1953, p. 87).

Para ele, a nova sociedade, caracterizada pelo binômio cosmopolitismo, inspirador das ações da elite do país, e bovarismo,[5] "atitude mistificatória de o homem se conceber outro que não é, entre o que é e o que acredita ser", constituía um sistema que premiava o egoísmo, o banal, a decadência dos costumes, o preconceito, lastreado nos valores máximos da elite – a fruição do conforto material, os privilégios, a superioridade, gerando discriminação e sectarismo.

> A nossa República se transformou no domínio de um feroz sindicato de argentários cúpidos, com os quais só se pode lutar com armas na mão. Deles saem todas as autoridades, deles são os grandes jornais, deles saem as graças e os privilégios; e sobre a Nação eles teceram uma rede de malhas estreitas, por onde não passa senão aquilo que lhes convém.[6]

Os "contos argelinos", e da mesma forma os 33 contos aqui apresentados, constituem exemplares insofismáveis da veemente oposição de Lima Barreto à República, da ferrenha crítica aos governos republicanos, notoriamente o 'hermismo' (a Hermes da Fonseca)[7] – já objetos de críticas exacerbadas em

5. Bovarismo, conceito cunhado pelo filósofo francês Jules de Gaultier em sua obra *Le Bovarysme*, em 1892, advindo de Gustave Flaubert e sua *Madame Bovary*, seja em relação à figura do artista 'sonhador irresponsável', seja a um comportamento artificial simbolizando um falseamento da vida, um desejo irreal de fuga – o abismo que se abre entre as duas escalas, a da realidade e a do imaginário, conferindo-lhe uma dimensão ao mesmo tempo trágica e irônica; o termo é especialmente empregado também com o sentido da alienação intelectual que precede a construção de uma identidade cultural própria. Lima Barreto – para quem o bovarismo era uma atitude mistificatória típica da nova elite, extremamente prejudicial para o país, "o poder partilhado no homem de se conceber outro que não é, o afastamento entre o indivíduo real e o imaginário, entre o que é e o que acredita ser" – aplicou esse conceito tanto literariamente – no romance *Triste fim de Policarpo Quaresma* e nos contos "A biblioteca", "Lívia" e "Na janela" aparece como a própria essência dos textos – quanto socialmente: segundo ele, a República estava toda imersa em atitudes bovaristas e, pior, os próprios intelectuais, teoricamente dotados de maior capacidade e lucidez críticas, mergulharam desde o início numa militância ufanista, destemperada, de otimismo ingênuo; e esse ufanismo bovarista era uma forma terrível de se alienarem dos graves problemas do país.

6. "Sobre a carestia", em *O Debate*, 15/9/1917.

7. Em dezembro de 1909, Lima Barreto editara com Antônio Noronha Santos (o maior de seus amigos) um panfleto contra a candidatura de Hermes da Fonseca à presidência da República, intitulado "O Papão – semanário dos bastidores da política, das artes e... das candidaturas".

inúmeros artigos e crônicas e também na novela *Numa e a ninfa* e no memorialístico *Diário íntimo*. Expressão do intransigente e obstinado repúdio para as coisas da política, aos políticos, aos conchavos partidários, às oligarquias, os "contos argelinos" especificamente têm em seu cerne paródico a ascensão dos militares, com sua crescente participação na política, e o militarismo – importando notar que, em outro viés de leitura e interpretação, trazem em si a emblematização ficcional do patrimonialismo, contra o qual Lima Barreto se colocava na própria essência de sua ideologia.

A criação, confecção e publicação destes dois conjuntos de contos deram-se em período histórico conturbado, durante os sucessivos governos de Hermes da Fonseca, Venceslau Brás e Epitácio Pessoa, em sete dos mais cruciais anos de plena sedimentação do regime republicano – de resto um processo de altíssima ebulição política, convulsionante e transformadora.

Os governos republicanos

O Brasil começa a viver, a partir de 1894, um novo período de sua história republicana: com a posse do paulista Prudente de Morais, primeiro presidente civil, inicia-se a "República do café-com-leite" – referência à união e alternância de poder entre os políticos dos dois grandes estados, São Paulo e Minas Gerais – vindo em seguida outros três presidentes civis: Campos Sales, Rodrigues Alves e Afonso Pena.

Com a morte de Afonso Pena, em 1909, assume o governo o vice-presidente Nilo Peçanha, que seria o candidato natural à sucessão – não fosse 'atropelado' pela candidatura de Hermes da Fonseca, nascida "com o ímpeto de reivindicação militar e reabilitação do papel político sufocado", incentivada pelo entusiasmo de jovens militares – entre eles o primeiro grupo dos denominados 'jovens turcos' recém-chegados da Alemanha, em 1908 –, convertida em "questão de classe" e imposta aos políticos liderados pelo então proeminente senador gaúcho Pinheiro Machado. O Exército tivera papel importante na instalação da República, portanto "um nome apresentado pela instituição deveria ser apreciado com atenção, pois afinal não foram eles [os militares] que deram corpo e vida ao sonho dos propagandistas [republicanos]? O que urge salvar é a moralidade do regime republicano, de outro modo não adiantaria tê-lo proclamado...", sustentava o importante líder político mineiro Bias Fortes em abril de 1909.

A candidatura de Hermes encarnava, além da imposição militar, o primado das oligarquias republicanas e das máquinas eleitorais dos estados (foi majoritária em 16 dos 20 estados) – embora com a desassociação de São Paulo e Minas Gerais, rompendo a "política do café-com-leite", decorrente da aliança do Rio Grande do Sul com os militares. Contraposta à intranquilidade política perdurava, no entanto, a prosperidade econômica, com o café mantendo-se em alta, ainda sob os efeitos da primeira valorização de 1906, pelo 'Convênio de Taubaté',[8] crescimento das exportações, expansão do mercado interno, intenso processo de urbanização das cidades. Eleito em março de 1910 e empossado em novembro, Hermes da Fonseca, tendo Venceslau Brás como vice-presidente, inaugurou um período marcado por apreensões gerais, instabilidade política, agitações populares e insurreições – como a Revolta da Chibata, no Rio de Janeiro, em 1911; a revolta do Contestado, em 1912, na região de litígio entre os atuais estados do Paraná e Santa Catarina, somente debelada em 1915; o movimento em Juazeiro do Norte, Ceará, com a participação do padre Cícero, em 1913; várias agitações populares no Rio e manifestações operárias em vários estados – de cujo clima de insegurança e agitação o governo aproveitou-se para recorrer várias vezes ao estado de sítio.

Ao mesmo tempo, sem nem mesmo consolidar de todo a situação de ordem pública, passou o governo à derrubada dos partidos estaduais que lhe eram adversos, por meio do que chamou de 'política salvacionista', incentivada pelos grupos militares dedicados à intensificação da participação política da classe, e executada por intermédio preponderantemente do Partido Republicano Conservador–PRP, fundado ainda em 1910, que funcionava

8. Em fevereiro, os dirigentes dos estados produtores de café – São Paulo, Minas Gerais, Paraná, Espírito Santo –, assolados pela persistente crise do setor, com quedas dos preços desde 1900, apesar de a produção crescer, definiram as bases do que chamaram "política de valorização do produto", que na essência consistia em o governo intervir no mercado para comprar os excedentes e restabelecer o equilíbrio de preços, sendo o financiamento dessas compras feito com empréstimos estrangeiros. Apesar das reações de vários grupos sociais e políticos, conseguiram convencer o governo federal a tomar para si a direção dessa política de valorização, inaugurando um período de apogeu da cafeicultura e do poder dos fazendeiros.

na prática como meio de institucionalizar e legitimar o poder de Pinheiro Machado. Anunciada como medida para "depurar o regime republicano e defender a pureza das instituições democráticas", iniciado pelo Rio de Janeiro, seguido pelas intervenções na Bahia, Pernambuco, Ceará, estendeu-se a todos os estados do norte e do Amazonas ao Espírito Santo – frustrada a tentativa em São Paulo pela ação dos políticos locais elegendo Rodrigues Alves para suceder o governador Albuquerque Lins.

Nessa altura, ameaçadas as liberdades públicas, extremada a confusão política, o presidente indeciso e fraco, a impopularidade atingindo-o em cheio, o curto período de prosperidade iniciado no governo Rodrigues Alves começara a se diluir. Iniciado e concluído sob crise, o governo Hermes da Fonseca propiciou, em seu final, a formulação de uma candidatura de consenso, primeiro de Campos Sales – que morreu em junho de 1913 –, depois de Venceslau Brás.

Eleito com amplo apoio político e popular – o *Correio da Manhã* afirmava que "a nação compreenderá a diferença de conduta entre o novo presidente e seu antecessor", proclamando que "naturalmente ele acudirá ao reclamo geral do povo, dando-lhe um governo à altura da vontade da nação, capaz de emendar erros e crimes que há quatro anos destroem as forças vivas do Brasil" – o paciente, tolerante e conciliador Venceslau Brás procurou apoiar-se nos governos de Minas Gerais e de São Paulo, que depois do dissídio em torno da candidatura Hermes da Fonseca, com interesses econômicos idênticos, sobretudo em torno do café, voltavam à velha aliança, e nos 'salvadores' do nordeste. Teve de enfrentar, contudo, uma série de greves gerais nas principais cidades do país, em especial no Rio de Janeiro e São Paulo, em 1917, e decretar estado de sítio por força da declaração de guerra à Alemanha a que o Brasil se obrigara – que vantajosamente desviava a atenção das questões internas e propiciava uma convocação cívica de união nacional: de certa instabilidade econômica no início, com a perturbação do comércio internacional, desorganização do mercado de câmbio, queda das exportações, obrigando o governo a emitir títulos de curto prazo em grande escala e ampliar os impostos de consumo interno, o fim da guerra fez os aliados recorrerem aos países fornecedores de matérias-primas e gêneros alimentícios, reativando os mercados, aumentando os preços dos produtos exportados, e vindo a ocorrer um surto industrializante acelerado, notoriamente em São Paulo. Em um ambiente de generalizado otimismo, a política interna deixava o estado de permanente ebulição, apesar da comoção política gerada pelo assassinato de Pinheiro Machado (a 8 setembro de 1915) – o que fez o presidente concentrar nas mãos a direção política do país, que estava desde o governo Hermes da Fonseca 'dividida' com o senador gaúcho agora morto.

Ainda que se encerrasse sob a dolorosa provação da 'gripe espanhola', chegada ao Brasil em 1918, o governo Venceslau Brás teve uma sucessão tranquila: eleito e empossado em novembro de 1918, de acordo com as correntes políticas e as simpatias populares (mas recebendo crítica de Lima Barreto, no marcante artigo "Carta aberta", publicado no jornal *A.B.C.* em 02/12/1918), Rodrigues Alves governou até janeiro de 1919, quando morreu por motivo de doença: a princípio indicado pelas forças governamentais, Rui Barbosa acabou sendo preterido por Epitácio Pessoa – político de notável renome firmado no Congresso Nacional, no Ministério da Justiça e no Supremo Tribunal Federal.

Epitácio Pessoa trouxe uma política de primordialmente consolidar as finanças públicas – a prosperidade dos negócios, resultante da guerra, que o próprio governo dizia ser "precária", contrastava com a penúria do Tesouro – e de organizar as relações trabalhistas e conflitos entre o Estado e os trabalhadores. Sem compromissos com os grandes interesses das indústrias e da lavoura protegida, adotou uma série de medidas saneadoras das finanças, provocando reações nos grupos políticos e econômicos mais poderosos: jamais um presidente vetara tantas leis, inclusive as orçamentárias. Desafiando os grandes estados – os mecanismos dominantes de São Paulo e Minas Gerais representados no governo apenas simbolicamente –, os militares – entregando as pastas da Guerra e da Marinha a civis – e a classe política, Epitácio Pessoa teve sua ação política e econômica acirradamente criticadas, recebendo tantas acusações quanto os aplausos do início. Um dissídio se dá em 1920, com o projeto de lei de emissão para auxílio ao café, a que o presidente mesmo resistente acaba cedendo, para depois ter pela frente a reação de Minas Gerais contra a criação de um novo tributo incidente sobre o trânsito de mercadorias para financiar essa emissão. Ao cabo de três anos de governo, São Paulo o aplaude pela valorização do café, a primeira de iniciativa federal depois do Convênio de Taubaté, de 1906, enquanto Minas Gerais o critica.

Em especial, Pessoa enfrentou em seu governo a crise política gerada pela exigência do Clube Militar, comandado pelo marechal Hermes da Fonseca, de renúncia da candidatura à presidência de Artur Bernardes, ao julgar autênticas as cartas publicadas pelo jornal *Correio da Manhã*, falsamente atribuídas a Bernardes, nas quais eram atacados o ex-presidente e o Exército. O fechamento do Clube Militar e a prisão de Hermes da Fonseca, ocorrida em 2 de julho de 1922, desencadearam, quatro dias mais tarde, a Revolta do Forte de Copacabana, no Rio de Janeiro, já sob vigência do decreto de estado de sítio que atingia todo o país. A expectativa era deflagrar uma revolução militar, porém, os demais fortes da cidade não aderiram ao movimento e as tropas legalistas atacaram o Forte de Copacabana, matando 271 dos 301 militares rebelados: ficou conhecida como os "18 do Forte" a marcha para a morte de 16 militares acompanhados de dois civis, que partindo do Forte atravessaram a avenida Atlântica para enfrentar as tropas do governo.

Nesse ano de 1922, o ambiente político tornou-se ainda mais tenso, em virtude da acirrada disputa dos candidatos à sucessão presidencial de Epitácio Pessoa, as oligarquias do Rio Grande do Sul, Bahia, Pernambuco e Rio de Janeiro lançando a candidatura do fluminense Nilo Peçanha e rompendo o acordo firmado entre São Paulo e Minas Gerais, que estabeleceu a indicação do mineiro Arthur Bernardes para a presidência – já definido o paulista Washington Luís para a sucessão posterior. Eleito, depois de uma campanha eleitoral das mais exacerbadas da República Velha, Bernardes assumiu a presidência em novembro de 1922, e o governo Epitácio Pessoa terminou caracterizado como o de maior concentração de poderes nas mãos do presidente da República e um marco de nova etapa do presidencialismo republicano.

Por essa época, apenas Lima Barreto (Euclides da Cunha morrera em 1909) mantinha, entre os escritores, uma postura participativa – de natureza crítica – nas coisas da política, uma vez que os demais literatos se afastaram do envolvimento e da militância a que se entregaram ainda durante as campanhas abolicionista e republicana, nas últimas décadas do século XIX e início do século XX: frustrados a expectativa e o entusiasmo iniciais despertados pela

República, os intelectuais desistiram da participação política ativa, militante, que muitos tiveram no advento do novo regime, e passaram a se concentrar na literatura e em parte no jornalismo 'croniquesco', dedicando-se a produzir uma literatura de linguagem empolada, calcado em figuras de efeito. Uma literatura como "o sorriso da sociedade" de que falava Afrânio Peixoto e contra a qual Lima Barreto lutava com denodo.

Os intelectuais, a República, o jornalismo

Embora não tenha produzido correntes ideológicas próprias ou novas concepções estéticas, a geração de intelectuais, solidamente arraigados nas teorias cientificistas de 1870, e todo o espírito progressista da época pareciam estar com a República, apoiada pela maçonaria, pelo positivismo e pelas correntes que se julgavam "desassombradas de preconceitos", as ideias circulando mais livremente num ambiente que Evaristo de Moraes[9] qualificou de "porre ideológico", um verdadeiro mosaico no qual era predominante o liberalismo, entre os republicanos 'históricos' como Benjamin Constant, José do Patrocínio, Silva Jardim, Lopes Trovão, Alberto Sales, Joaquim Serra – mas que abrigava alguma voga de anarquismo em Elisio de Carvalho (até escrever o *Five o'clock*), Curvelo de Mendonça, Fabio Luz, Afonso Schmidt, simpatias explícitas ao socialismo em Martins Fontes, Olavo Bilac, e até antirracismo declarado em Alberto Torres e Manuel Bonfim.

Sob os princípios genéricos do liberalismo, o grupo intelectual definira a tarefa que lhes cabia: contribuir e propugnar por uma ampla e, profunda ação conjunta para construir a nação – no campo da produção intelectual intensificaram estudos da realidade brasileira (as obras de Euclides da Cunha, Alberto Torres, Manuel Bonfim, Oliveira Vianna são documentos exemplares) e se empenharam no "criar um saber próprio sobre o Brasil" (enfatizava José Veríssimo em "Um estudioso pernambucano", artigo na revista *Kosmos*, n. 1, Rio de Janeiro, 1907) – ação conjunta que tinha em vista também remodelar e fortalecer o Estado (o que punha em confrontação a ambiguidade de sua ideologia baseada no liberalismo...).

9. MORAES, 1936, p. 33.

Já no dia 15 de novembro de 1889 os intelectuais registraram sua total adesão: um numeroso grupo de republicanos, junto com gente da rua, tendo à frente José do Patrocínio, Aníbal Falcão, João Clapp, Campos da Paz, Olavo Bilac, Luis Murat e Pardal Mallet – estes três pela primeira vez movidos à ação política concreta –, dirigiu-se à sede da Câmara, aos gritos de viva à República, e redigiram moção de apoio aos chefes da insurreição militar nestes termos:

> Os abaixo assinados, órgãos espontâneos do povo do Rio de Janeiro, representam o governo provisório, instituído após gloriosa revolução que *ipso facto* extinguiu a monarquia no Brasil, a necessidade urgente da proclamação da República.
>
> Excelentíssimos srs. representantes supremos das classes militares do Brasil, marechal Deodoro da Fonseca, chefe de divisão Wandenkolk e tenente-coronel dr. Benjamin Constant.
>
> O povo do Rio de Janeiro, reunido em massa no edifício da Câmara Municipal, tem a honra de comunicar-vos que, por meio de diversos órgãos espontaneamente surgidos e pelo seu representante legal, proclamou como nova forma de governo nacional a República.
>
> Esperam os abaixo assinados, representantes do povo do Rio de Janeiro, que o patriótico governo provisório sancione o ato pelo qual, instituindo a República, se pretende satisfazer a íntima aspiração do povo brasileiro. Viva a República Brasileira! Vivam o Exército e a Armada nacionais! Viva o povo do Brasil!

O entusiasmo adesista era generalizado; em outro manifesto, dirigido ao Governo Provisório instalado em 16 de novembro, assinado por alguns homens de letras em 22 de novembro, proclamavam:[10]

> O povo, e quando dizemos povo referimo-nos àquela grande parte da nação que os aristocratas de todos os tempos chamaram desdenhosamente o terceiro e quarto estado, donde, reparai bem, em sua maioria saiu sempre o nosso glorioso Exército; os homens de letras, e quando dizemos os homens de letras referimo-nos a todos aqueles que tomando a si os encargos intelectuais da pátria foram, no curso de quatro séculos, os fatores mais enérgicos e mais desinteressados de nosso progresso; plebe e

10. ROMERO, 1898, p. 46.

pensadores, sempre estas duas forças caminharam aqui unidas!... Agora mesmo no fato extraordinário que é o espanto da Europa e o júbilo da América na proclamação da República, as duas grandes forças lá estão ungidas uma a outra... A era das grandes lutas da política responsável abriu-se definitivamente para os brasileiros... A pátria abriu as largas asas em direitura à região constelada do progresso; a literatura vai desprender também o voo para acompanhá-la de perto. Ao futuro! Ao futuro, modeladores de povos, construtores de nações!

No clamor pela ampliação da atuação do Estado sobre a sociedade aliavam-se a homens públicos, políticos, jornalistas, até mesmo cafeicultores e industriais, e a esse grupo juntar-se-iam os grupos militares defensores e sequiosos de maior participação dos militares na política – o que mais tarde não causaria surpresas quando do progressivo e acentuado fortalecimento dos governos republicanos a partir de Floriano Peixoto.

As reformas que preconizavam, no entanto, perderam-se no processo político republicano. Na consolidação do novo regime, que se deu por meio de um processo caótico e dramático, malograram seus esforços cientificistas, reformadores, inovadores na criação daquele 'saber sobre o Brasil'. Cedo, muito cedo, já nos primeiros anos do século XX, desiludiam-se: "Está tudo mudado: Abolição, República... Como isso mudou! Então, de uns tempos para cá parece que essa gente está doida", vaticina Isaias Caminha, sob a pena de Lima Barreto. José Veríssimo, em "Vida literária" (revista *Kosmos*, n. 7, 1904), descreve: "Todos se presumiam e diziam republicanos, na crença ingênua de que a República, para eles palavra mágica que bastava à solução de problemas de cuja dificuldade e complexidade não desconfiavam sequer, não fosse na prática perfeitamente compatível com todos os males da organização social, cuja injustiça os revoltava." Ainda em outubro de 1890, antes do primeiro aniversário do 15 de novembro, desencantava-se Silva Jardim, lamentando em carta a Rangel Pestana: "Comunico-lhe que parto para a Europa, a demorar-me o tempo preciso a que este País atravesse o período revolucionário de ditadura tirânica e de anarquia..." "Esta não é a República de meus sonhos", lamentou-se Lopes Trovão, um dos próceres do movimento republicano. "Foi para isso então que fizeram a República?", protestou Farias Brito.

No campo político, os intelectuais mantiveram-se passivos diante da "ditadura tirânica" e aceitaram as coligações de Deodoro da Fonseca com as forças mais conservadoras do Brasil agrário, mas as esperanças esfacelaram-se diante da índole e da prática repressoras do governo Floriano Peixoto, quando alguns dos antigos entusiastas da República tiveram de fugir do Rio de Janeiro para evitar a prisão, caso de Olavo Bilac e Guimarães Passos.

Passado o momento inicial de esperança, desfeito o caminho almejado da democratização do país prometida em comícios, conferências públicas, na imprensa radical, consolidada a vitória da ideologia reforçadora do poder oligárquico, derrotados, desapontaram-se as elites, desapontaram-se os trabalhadores e o povo, desapontaram-se os intelectuais, que desistiram da política militante e se concentraram na literatura, aceitando postos, mesmo decorativos, na burocracia, especialmente no Itamaraty de Rio Branco, que atraíra em torno de si – eficiente Rui Barbosa no trabalho de 'cooptação' – o grupo de intelectuais, representantes da *intelligentsia* do novo regime, constituindo o que à época se autodenominaram "República dos Conselheiros".

Difícil se tornou manter uma convivência pacífica entre a República política e a 'Republica das letras', fato agravado pela crescente insatisfação popular com o novo regime, exposta em agitações de rua, episódios violentos, revoltas e movimentos de protesto – e mais ainda com os novos costumes e práticas de desenfreada especulação financeira, a busca de enriquecimento a qualquer custo, o advento de um capitalismo predatório levando ao Encilhamento, a escandalizar Taunay, que via "uma degradação da alma nacional"[11] e a decepcionar republicanos ardorosos como Raul Pompéia ("A república discute-se consubstanciada no Banco da República"[12]). A par do afastamento repressor promovido pelo poder, viram-se compelidos a submeter sua produção literária ao "valor do mercado" – "(...) neste século de danação social, em que o Dinheiro logrou a tiara de pontífice ubíquo, para reinar discricionariamente sobre todas as coisas...", registrava Augusto dos Anjos em palestra pública.

Mas, paradoxalmente, foi o processo de arrivismo bursátil e de especulação mercantil – gerando incremento de vultosos recursos, provocando a modernização da cidade, urdindo o que se denominou Regeneração, construindo a imagem de "uma sociedade ilustre e elevada" – que propiciou aos

11. TAUNAY, 1971, p. 8.

12. POMPÉIA, 1981, p. 143.

intelectuais malogrados uma espécie de atavio: passaram a ser vistos pela sociedade como 'símbolos de ilustração', 'expoentes da cultura', propiciando, entre outros aspectos, o desenvolvimento do 'novo jornalismo', ao qual os literatos se entregaram de corpo e alma [cf. Rosso (2006)]. A adesão maciça dos escritores ao jornalismo, exercendo inevitavelmente efeitos negativos sobre a criação artística – falou-se em "vazio de ideias" –, obrigou-os a uma redefinição de suas posições intelectuais e a uma clivagem em seu universo social. Deflagrava-se com todas as letras e tintas a *belle époque* cultural, com o consequente processo de banalização e neutralização da força cultural da literatura, o intelectual descaracterizado e 'dissolvido' em meio à sociedade, às facilidades da nova vida social tendentes a extinguir o engajamento dos intelectuais que haviam 'feito' a República. O novo espírito "agitado e trêfego" que tomou conta da cidade produziu "o recolhimento dos autores em estéticas e poéticas evasivas", no entender de José Veríssimo, os intelectuais irreversivelmente assimilados pela nova sociedade construída pela República abrindo espaços para a mercantilização e banalização da própria literatura – sendo mais do que nunca vista como "o sorriso da sociedade"...

Na primeira década do século XX entrou-se de cheio no espírito mundano da *belle époque*, cuja literatura típica, porém, era estéril em termos nacionais, ainda que seu modelo cosmopolita europeu se coadunasse com a própria fachada da época: era uma literatura articulada com o modo de vida das elites urbanas europeizadas, fomentador do consumo, do excesso, da sensualidade, do aristocratismo; de extrema superficialidade e caráter preciosístico, uma coligação de 'alta sociedade' e 'alta cultura' – e nesse aspecto, Lima Barreto tinha a chave para entender e interpretar o Rio de 1900: o bovarismo, que apontava para as fantasias centrais que compunham o significado dessa época.

O certo é que a decepção com a República e o 'espírito' inerente ao novo século, "o século da modernização e do progresso", trouxeram novas formas e modos de o escritor se relacionar com a literatura, sob um processo algo 'compulsório' de aburguesamento e 'mundanismo' – de resto, condizentes com o 'espírito geral' que regia o sistema republicano que se pretendia implementar –, acarretando, por uma razão ou outra, a necessidade de adesão quase maciça dos literatos ao jornalismo, que se constituiu no fenômeno cultural mais marcante dos primeiros tempos do século XX. O significativo desenvolvimento dos meios técnicos da imprensa, iniciado na verdade em meados do século XIX, permitiu o crescimento e melhoria qualitativa dos jornais e o nascimento de muitas revistas ilustradas, ambos incluindo matérias literárias.

Por essa época, tanto os jornais quanto as revistas buscaram mais intensa e concretamente atingir a classe média urbana que então ia se formando e consolidando com o advento da República. Esses veículos, além do compromisso de informar e divertir, estavam engajados num movimento de 'democratização' cultural: periódicos como *Gazeta de Notícias*, *Diário do Rio de Janeiro*, *O Paiz*, *Diário Mercantil*, *Correio da Manhã*, *Jornal do Commercio*, *Jornal do Brasil*, *Rio-Jornal*, *A.B.C.* e as revistas *O Malho*, *Revista da Semana*, *Kosmos*[13], *A Renascença*, *FonFon!*, *Revista Contemporânea* (estas duas caracterizadas como "simbolistas"), *Careta*, *Ilustração Brasileira*, *A Cigarra*, *Revista do Brasil*, *Dom Quixote*, *Paratodos*, *O Cruzeiro*, incluíam muita matéria cultural, como reportagens sobre exposições de artes plásticas, crítica literária, música, contos, crônicas, poesia, teatro e cinema. Quase nenhuma revista conseguiu sobreviver por muito tempo e ter vida longa – exceção apenas a *FonFon!* e a *Careta*, que chegaram, não ininterruptamente, até à década de 1950. A maioria dos jornais e revistas (tanto do Rio de Janeiro quanto de São Paulo) acolhia, e pagava bem, colaboração literária, o que propiciou a escritores e literatos terem publicados seus trabalhos e ter uma fonte de recursos – para muitos, a única – e um chamado *second métier* condigno.[14]

---

13. Coelho Neto e Olavo Bilac foram dois dos mais assíduos colaboradores da pretensamente sofisticada revista *Kosmos* – a que mais emblematicamente representou e procurou expressar o gosto 'escapista' dos leitores da época, "perfeitamente adequada ao consumidor pequeno-burguês formado pela República" –, o primeiro com a contribuição de 25 contos em 64 números, o segundo com 58 crônicas. Olavo Bilac, aliás, primeiro como colaborador de *A Semana*, já fazia parte do 'prestigioso grupo' de Machado de Assis, Aluísio Azevedo, Raul Pompéia, Lúcio de Mendonça, Alberto de Oliveira e Raimundo Correia; depois, na *Gazeta de Notícias* – que era o sonho da juventude literária de então –, se revelaria, ao lado de Machado de Assis (inclusive substituindo-o entre fevereiro de 1897 e novembro de 1900, na famosa série "A Semana"), e mais tarde de João do Rio, "um dos mais finos cronistas da época".

14. Em *O momento literário*, de 1905, João do Rio indagava aos escritores brasileiros, entre outras questões, se "o jornalismo é um fator bom ou mau para a arte literária?" (p. 61) – e nem todos os entrevistados interpretaram e responderam da mesma maneira: inteiramente contrários se mostraram, por exemplo, Luiz Edmundo, Elisio de Carvalho, Pedro do Couto, Inglês de Souza, mas a maioria, caso de Olavo Bilac, Silvio Romero, Afrânio Peixoto, Medeiros e Albuquerque, José de Alencar via no jornalismo uma "face bastante favorável", que podia ser praticado sem nenhum prejuízo para a arte literária – e

A rigor, quer no âmbito do jornalismo, quer (mormente) da literatura, os escritores, sob pena de caírem em ostracismo cultural, profissional e financeiro, tiveram de se submeter, em maior ou menor grau, à preferência ou gosto dos leitores da época: a necessidade de se expressar no mesmo diapasão da cidade contagiada pelos anseios de modernização e marcada pela ânsia do enriquecimento rápido fizeram-no adotar estilo, linguagem, forma e conteúdo mais superficiais e mesmo descartáveis, adequados ao gosto do consumidor pequeno-burguês formado pela República.

A exemplo de quase todos os literatos, mas por outros vieses, foi também no jornalismo que Lima Barreto encontrou o meio, forma, veículo e *habitat* para exercer sua crítica – mas sua atuação, no entanto, difere inteiramente da atuação de seus contemporâneos. Depois de esporádicas colaborações no jornal humorístico *Tagarela* e no semanário *O Diabo*, iniciara profissionalmente a vida jornalística no grande *Correio da Manhã*, em abril de 1905, aos 24 anos de idade, com uma série de reportagens sobre o desmonte do Morro do Castelo, que viria a dar origem à brilhante criação ficcional na novela *Os subterrâneos do Morro do Castelo*, somente publicado em livro no ano de 1999 (editora Dantes, Rio de Janeiro). Seu amor pela liberdade e o horror em transigir com o poder, porém, o levaram a organizar, em 1907 – quando também era redator da *Fon-Fon!* –, com o jornalista Alcides Maia, a revista *Floreal*, que circulou até 1912; foi ainda colaborador da *Gazeta da Tarde* em 1911, passou a cronista do *Correio da Noite* em 1914 – interrompendo no final de 1915 para transferir-se à *Careta* –, e a partir de 1916 também no semanário político *A.B.C.*; em 1917, intentou repetir o ideal de dez anos antes na *Floreal*, criando a revista *Marginália*, cujo objetivo seria "resguardar para os escritores, normalmente presos aos interesses e susceptibilidades das grandes empresas dos nossos quotidianos, revistas e magazines, independência e autonomia intelectual".[15] Sua preferência irrevogável pela imprensa dita 'alternativa', fora do alcance do poder exercido pelos donos dos grandes jornais, consolidou-se a partir de 1917: mesmo doente, continuou a escrever na imprensa libertária e as colaborações para revistas e jornais 'alternativos' da

exemplos expressivos estão em Machado de Assis, Alencar, Bilac, José Veríssimo, João do Rio e Lima Barreto.

15. DILBM (1952, p. 77); CLBFB, v. XIV (1956, p. 68).

época, oposicionistas – os jornais *O Debate, A Lanterna, Rio-Jornal, A.B.C., Brás Cubas, Hoje;* nas revistas *Careta, Revista Contemporânea, A Renovação* –, e para jornais revolucionários do Rio de Janeiro – como a *Voz do Trabalhador*, órgão da Confederação Operária Brasileira, no qual escrevia sob o pseudônimo de Isaias Caminha[16] (foi nessa publicação, a propósito do 1º de maio de 1913, que Lima explicitou e fez pública sua adesão ao anarquismo) –, de São Paulo e até do Rio Grande do Sul – como *O Parafuso, A Lanterna* (que se autodenominava "anarquista"), *O Cosmopolita, A Patuleia, A Luta* – constituem o conjunto de maior teor explícito de crítica política e social aos problemas do país e à República.[17]

16. Lima Barreto era useiro e vezeiro em se valer, no jornalismo, de pseudônimos: L. B., J. Caminha, Dr. Bogóloff, Lucas Berredo, João Crispim, Puck, Flick, J., Jamegão, Jonathan; Aquele, Inácio Costa, Ingênuo, J. Hurê, Naquet, Pedro Malasarte, Xim, Horácio Acácio, Tradittore.

17. cf. ROSSO, 2006, p. 117.

Simulacros e alegorias barretianas

Os "contos argelinos", *per se* dotados de excepcional especificidade e acentuadas peculiaridades, típicos do processo criativo de um dos maiores contistas brasileiros, constituem um conjunto único na obra ficcional de Lima Barreto, com características próprias de temática, mas também muito especiais de teor, timbre, linguagem, estilo, ambiência. Sobretudo porque utilizam, mais do que em quaisquer outros – e desse recurso muito se valeu em sua obra ficcional –, a sátira, o sarcasmo e em especial um expressivo tom de alegoria, uma fina ironia alegórica que os percorre e faz se entrecruzarem, pioneiro exercício barretiano de intertextualidade a solicitar, pois, leitura em conjunto, cada um motivando novos aspectos interpretativos sobre o mundo ficcional neles desenhado. Sob essa denominação, Lima Barreto escreveu 13 contos, publicados sequencialmente sob numeração contínua, na revista *Careta*, do Rio de Janeiro:

- 8 deles em 1915 [ano em que Lima dá início à primeira fase de sua assídua colaboração na revista]: "Sua Alteza Imperial Jan-Goethe"; "El-Kazenadji"; "O juramento"; "A firmeza de Al-Bandeirah"; "O desconto"; "A solidariedade de Al-Bandeirah"; "O reconhecimento"; "O anel de Perdicas"
- 3 em 1920: "Os Kalogheras"; "Conservou o fez"; "Arte de governar"
- 1 em 1921: "Boa medida"
- 1 em 1922: "Hóspede ilustre"

Mas há de se incluir no conjunto o conto "Hussein Ben-Áli Al-Bálec e Miquéias Habacuc" – de 'natureza' similar, um 'embrião' temático e estilístico –, publicado no jornal *Correio da Noite* em julho de 1914 e incorporado à Parte I das três edições da coletânea de contos *Histórias e sonhos*.

Vale especular a que se deve o intervalo de cinco anos entre a primeira série dos "contos argelinos" – publicados em sequência intensiva de maio a novembro de 1915, precedidos pelo embrionário "Hussein Ben-Áli Al-Bálec e Miquéias Habacuc" (julho de 1914) – e as peças posteriores – publicadas mais esparsamente, em 1920, 1921 e 1922. A par de uma deliberação individual de Lima Barreto, as razões parecem estar nos próprios acontecimentos e injunções de sua vida pessoal e profissional no período.

Primeiro de tudo, observe-se que os contos foram todos, à exceção do embrionário, de 1914, publicados na revista *Careta*, na qual Lima Barreto escreveu de 27 de março de 1915 a 24 de junho de 1916 e depois a partir de 13 de setembro de 1919 até sua morte: induz-se daí não ter sido de seu interesse ou propósito publicar esse tipo de conto em outro veículo, ainda que a partir de 1916 passasse a diversificar suas colaborações na imprensa – iniciando em 25 de dezembro pelo semanário *A.B.C.*, no qual em 11 de maio de 1918 lança seu manifesto maximalista que termina com o grito de guerra "Ave, Rússia!", mesmo ano em que em 17 de janeiro começara a publicar no vespertino *Lanterna* uma série de crônicas sob o pseudônimo de Dr. Bogóloff e em 25 de julho no semanário *Brás Cubas,* sob o título "Vera Zassúlitch", manifesta sua simpatia pela Revolução Russa; depois, em 20 de março de 1919, dá início no semanário *Hoje* à série de crônicas de folclore urbano intituladas "As mágoas e sonhos de um povo"; em janeiro de 1921 publica um trecho de "O cemitério dos vivos" na *Revista Souza Cruz*, a qual também estampa em outubro a conferência "O destino da literatura" (que seria a única a ser pronunciada por Lima Barreto em toda sua vida, mas que acabou não realizando, em Rio Preto, São Paulo); e em maio de 1922 publica na revista *O Mundo Literário* o primeiro capítulo do inacabado romance "Clara dos Anjos".

Ao mesmo tempo, o período pós-1915 foi marcado por uma produção mais intensa e sequencial de obras, além dos artigos e crônicas: em julho de 1917 entrega ao editor Jacintho Ribeiro dos Santos os originais de *Os Bruzundangas* (mas que só apareceriam em livro em dezembro de 1922) e conclui "acertos e ajustes" na segunda edição de *Recordações do escrivão Isaías Caminha* (publicada em setembro pela Typographia Revista dos Tribunais); em 1918 trabalha na versão final dos originais de *Vida e morte de M. J. Gonzaga de Sá*, entregues a Monteiro Lobato em novembro (publicados em fevereiro de 1919); em 1920 trabalha na organização final de *Histórias e sonhos* (publicada por Gianlorenzo Schettino em dezembro) e dos originais de *Marginália* (entregues a Schettino também em dezembro, mas somente publicados em 1953 pela editora Mérito); em 1921 conclui os originais de *Bagatelas* (entregues à Empresa de Romances Populares em agosto, mas somente publicados em 1923); e em 1922, organiza os originais de *Feiras e mafuás* (entregues em abril ao editor Schettino, mas publicados apenas em 1953 pela editora Mérito).

Escritos e publicados sob tais intervalos nos sete anos em que mais acirrou-se a consciência ideológica de Lima Barreto, os "contos argelinos" constituem uma galeria incomparável de sátira política, não fosse a política um dos eixos temáticos capitais da obra barretiana, quer na seara ficcional – nos contos, na novela *Numa e a ninfa*, nos romances *Triste fim de Policarpo Quaresma*, *Recordações do escrivão Isaías Caminha* e *Vida e morte de M. J. Gonzaga de Sá* – quer na seara não ficcional – em centenas de crônicas e artigos na imprensa.

Sob a rubrica de crítica política, há de se realçar que os "contos argelinos" vão muito além dos demais contos similares na temática, por se verterem em oposição implícita ao militarismo e à ascensão (institucional, política e como classe social) dos militares[1] – denunciando, entre outros aspectos, "o modo covarde e mesquinho pelo qual as elites políticas, econômicas e oligárquicas vão capitulando diante de pressões militares".

Os militares na política / os "jovens turcos"

Desde o princípio, o Exército se irmanara à causa republicana. A República procurou, já na Carta de 1891, legitimar a força política dos militares, e o jacobinismo inclusive suscitou "a missão revolucionária na sociedade sob o escudo militar". O 15 de novembro significou, além das coordenadas militares que o ditaram, profunda alteração política e social entre o poder e as forças dominantes, passando o Exército a irradiar, já elevado como camada monolítica e classe social, status a todos os seus integrantes. Partia-se da premissa de que o militar não deveria ser um membro segregado da sociedade, e sim a ela se integrar: um novo conceito surgiria, o do "cidadão fardado" – uma reivindicação para eliminar ao máximo a distância que os separava do mundo civil por meio da reivindicação da condição de pleno cidadão.

1. "A sociedade civil e o estamento dos bacharéis", segundo Eduardo Prado, "dando lugar ao estamento dos militares" (PRADO, 1889, p. 36).

Preconizava a força armada como uma categoria política atuante, com sentimento de responsabilidade sobre os destinos do país, tornando possível não propriamente o militarismo mas sim a militarização institucional e política. "A luta vai ser entre esse exército político e a sociedade civil que terá de reagir ou se aniquilar. A nação terá de mudar ou de devorar o exército político, ou o exército político acabará de humilhar e de devorar a nação", vaticinava Eduardo Prado.[2] "É inegável que a força armada sempre esteve presente, real ou parcialmente, na superfície ou no subterrâneo das decisões políticas da República", sentencia Raymundo Faoro.[3]

A militarização institucional e política assenta três presidentes, Deodoro da Fonseca (1889-91), Floriano Peixoto (1891-94), e, depois de um interregno, o governo Hermes da Fonseca (1910-14) – durante o qual a mais forte e atuante das facções dentro do Exército (a outra corrente propunha a abstenção em relação à política), farta das disputas inter-oligárquicas, lutava por uma ação "moralizadora" para sanear a vida pública, numa atitude crítica em relação ao nepotismo, à corrupção e aos clãs políticos que controlavam a vida nacional.[4] Tentando quebrar o monopólio regional das oligarquias, dispostos a realizar alterações no controle do poder nos estados, os militares hermistas incentivaram fortemente o governo a lançar a política das denominadas "salvações nacionais", destinadas a salvar a 'pureza' das instituições republicanas – a rigor, tentativas de grupos militares no sentido de restringir o poder político da classe dominante.

Na verdade, o hermismo constitui-se talvez no mais importante e crucial elemento nas relações civis-militares. O fortalecimento da influência e da ação dos militares na esfera governamental teve seu grande impulso por

---

2. PRADO, 1889, p. 47.

3. FAORO, 1975, p. 122.

4. A nível estadual, cada região era uma espécie de feudo dos coronéis; e cada Partido Republicano, um aglomerado de caciques políticos; nos Estados mais desenvolvidos, como São Paulo e Minas, a oligarquia exercia seu domínio por meio das Comissões Políticas do Partido Republicano, que, por sua vez, refletiam o mandonismo dos chefes locais: o Partido Republicano Mineiro (PRM) era um colegiado de coronéis, da mesma forma que seu congênere paulista, o PRP. O mesmo se dava nos estados economicamente menos influentes do Norte e do Nordeste, as oligarquias confundindo-se com uma ou duas famílias de grandes fazendeiros e comerciantes.

volta de 1914-15, por meio de um grupo de oficiais que haviam estagiado no Exército alemão, considerado então o mais bem organizado do mundo, em três turmas (1906-8; 1908-10; 1910-12). Ao regressarem ao Brasil criaram, para a divulgação de suas ideias, a revista *A Defesa Nacional*, esteio da campanha pelo serviço militar obrigatório controlado inteiramente pelo Exército (antes, era pela Guarda Nacional, em seguida extinta) – campanha, aliás, que teve em Olavo Bilac um de seus maiores artífices e propagadores: o recrutamento sob seu inteiro controle deu ao Exército o monopólio do serviço das armas a nível nacional, multiplicando com isso seu poder político. Esse grupo ficou conhecido como os "jovens turcos", em referência aos jovens reformadores militares de Mustafa Kemal[5] – herói turco – e à grande admiração explícita, manifesta em declarações, pronunciamentos oficiais etc. de Berthold Klinger, considerado o mais brilhante dos "jovens turcos" e líder do grupo, o mais ativo defensor e divulgador da intervenção dos militares na política, como escreveu no editorial do primeiro número da revista, em outubro de 1913: "O Exército precisa estar aparelhado para sua função estabilizante dos elementos sociais em marcha e preparado para corrigir as perturbações internas, tão comuns na vida tumultuária das sociedades que se formam."

Paralelamente, vale observar, além das intervenções, outro indicador do grau de envolvimento e participação dos militares no poder é o cenário de ocupação de cargos políticos e administrativos:

% de ministros militares 1871-1930				
1871-89	1889-94	1894-1910	1910-18	1918-30
6,06	35,00	40,00	41, 66	21, 21

5. Mustafa Kemal, o Ataturk (1881-1938), como comandante militar do então Império Otomano durante a Primeira Guerra, ao lado da Alemanha derrotou as forças aliadas (britânicas, francesas, australianas e neozelandesas) em Gallipoli, Austrália, tornando-se herói nacional e recebendo o título de *Paxá* (Comandante); mais tarde, sua vitória na Guerra da Independência contra a Grécia preservou a soberania do país: a República da Turquia foi fundada em 29 de outubro de 1923 e Kemal foi eleito primeiro presidente.

Visto como um guardião do nacionalismo turco e do secularismo, criou um sistema político que pudesse adaptar-se à introdução da democracia facilmente – suas reformas ocidentalizantes mostraram-se duráveis e deram à Turquia a paz interna e a relativa prosperidade econômica ainda durante a sua vida.

% de militares congressistas 1886-1917		
1886	1890	1917
4, 77	36, 61	17, 77

Fontes: Barão de Javari. *Organizações e programas ministeriais.* Rio de Janeiro: Imprensa Nacional, 1889; *As forças armadas na I República.* In: CARVALHO, 1999, p. 71.

Diferenciados são os "contos argelinos", na obra de Lima Barreto, também pela intensa utilização da alegoria, mesclada à sátira, ao sarcasmo, à ironia[6] – e pela exploração do imaginário exótico e figurativo por meio de simulacros,[7] típicos segundo Lima de um "bovarismo à brasileira, os simulacros vestidos para ornar a História".

Inicialmente Lima Barreto se valera da alegoria apenas em crônicas, ao escrever as primeiras "Notas sobre a República de Bruzundangas", em artigos na *Gazeta da Tarde* em 1911 – e somente apresentadas em livro, *Os Bruzundangas* (Rio de Janeiro: Jacintho Ribeiro dos Santos Editor), postumamente, em 1922 – e nas crônicas escritas entre 1914 e 1918, depois agrupadas em "Coisas do Reino de Jambon", só editado em 1952 (In: *Os Bruzundangas.* 3.ed. Rio de Janeiro: Editora Mérito). Por outro lado, valera-se da linguagem de simulacros – com referências a elementos e nomenclaturas, por assim

6. "Alegoria entendida como figura retórica de pensamento, em que uma ideia é exposta por meio de imagens apenas sugeridas, indicando inúmeros sentidos (de suposição, intuição, de adaptação etc.), englobando a metáfora, a sátira, o símbolo, a fábula, o apólogo, o mito, a parábola, a prosopopeia, o emblema, a ironia; como uma linguagem que oculta outra, ao empregar imagens, figuras, pessoas, ambientes, a dissimulação, cada elemento funcionando como disfarce dos elementos da ideia representada" (FRYE, 1990, pp. 311-312). A maneira caricatural de caracterizar os personagens remete à definição do cômico formulada pelo influente filósofo francês Henri-Louis Bergson em seu ensaio sobre o riso "Du mécanique plaqué sur du vivant"– o teor cômico oscilando entre o humor compreensivo, a ironia denunciadora ou o sarcasmo amargo.

7. Simulacro: representação, imitação; fingimento, disfarce, simulação; falso aspecto, aparência enganosa; semelhança, parecença.

"O simulacro põe em xeque o que é realidade e o que é ficção, traçando sempre um limite tênue entre uma e outra. O simulacro é a representação, a simulação de algo que não se sabe ao certo se é real, mas também não é possível dizer que não é", observa o escritor Sergio Sant'Anna (1992, p. 58).

dizer, 'orientais', para ilustrar o retrato que fazia da República, na qual ao arbítrio e desmandos juntavam-se as falcatruas, o empreguismo, o nepotismo, a concussão, o peculato, toda prevaricação possível no conluio entre políticos, plutocratas e poderosos, a condição de político como sinônimo de regalias e dinheiro fácil – para também criar imagens de "sultões, quedivas, felás do Império Otomano" ["(...) das privações todos tiram ócios de nababo e uma vida de sultão (...)"], tanto na novela *Numa e a ninfa*, publicada no mesmo ano de 1915 em que veio à luz o primeiro dos "contos argelinos", como no romance *Vida e morte de M. J. Gonzaga de Sá*, cuja primeira edição data de 1919 ["(...) isto é bem um futuro Egito(...)"]. Em nenhum deles, porém, atingiu a mesma insuperável escala alegórico-sarcástica demolidora quanto nos "contos argelinos", retomando e desenvolvendo o estilo e a linguagem esboçadas nesses outros textos. Nesse contexto, estabelece-se um referencial significativo: *à la* Borges, cuja extraordinária mitologia literária vem de *As mil e uma noites*. Fascinado que era por essa obra magnífica, Lima Barreto também foi buscar no universo oriental inspiração alegórica para sua ficção contística.

Os "contos argelinos" comportam, cada um deles, no *mise-en-scène*, as maquinações do sistema de poder no Brasil – vale dizer, manifestações do patrimonialismo – desveladas e reveladas em ambiências de sultanatos, canatos.[8] "Al-Bandeirah" é São Paulo, "Al-Súgar" [açúcar] como Pernambuco, "Hbaya" sendo a Bahia – domínios de sultões, xeiques e personagens 'orientalizados' deliberadamente inspirados e relacionados a figuras políticas e estabelecendo claras referências a acontecimentos da época: o Brasil recriado como "o País de Al-Patak", governado pelo "usurpador Abu-Al-Dhudut", vale dizer Hermes da Fonseca, mais tarde por Basileus Epitaphio, isto é, Epitácio Pessoa; palco das aventuras e desventuras de tipos secundários, como o "ministro da guerra, o polemarca Bem-Zuff Kalogheras e os modos desastrados de comandar o exército", o "ministro dos negócios internos do reino, Cide Ércu Bem-Lânod" e seus "hábitos sacrílegos", o "*kaïa,* chefe da polícia militar, Pessh Bem-Hoa" – os recursos *à clef*[9] fazendo-se presentes em todos os contos.

---

8. País, estado ou região governado por um cã.

9. Literalmente, "à chave", "com auxílio de uma chave"; que fornece um código para entendimento e interpretação do sentido de um escrito ou expressão artística: diz-se de obra literária que fornece a chave para permitir ao leitor identificar personagens e acontecimentos imaginários com pessoas e eventos reais, em que são construídos de propósito temas, personagens e situações calcadas numa realidade conhecida.

Sobretudo nessa ambientação 'orientalizada', na referência a sultanatos e canatos, reside a representação simbólica idealizada por Lima Barreto acerca do patrimonialismo. A par das críticas à política, aos políticos, aos governos republicanos, à República em si, ao militarismo, uma segunda leitura, mais profunda, digamos orgânica e estrutural, dissecado por assim dizer seu 'DNA' temático, vislumbra-se no âmago dos "contos argelinos" o antipatrimonialismo de Lima Barreto – mais uma vez valendo-se da metáfora para a expressão de uma vertente de seu pensamento ideológico.

Patrimonialismo: do sultanato à ordem política

Patrimonialismo significa, na conceituação de Max Weber,[10] a organização do Estado sob a forma patrimonial – típica de um Estado que não possui distinções entre os limites do público e do privado. Comum em praticamente todos os absolutismos, tendo como sua forma mais estreita a litúrgico-natural, a exemplo do sultanato, expressa-se pela dominação primariamente orientada pela tradição, porém, exercida em virtude de um direito próprio (do soberano). São características do patrimonialismo, além da tradição, o privilégio, os costumes e precedentes judiciais: riqueza, bens sociais, cargos e direitos são distribuídos para o quadro administrativo, formando um estamento socioeconômico.

Importante notar que historicamente o patrimonialismo se desenvolveu como uma espécie de centripetismo privatizante, estruturado em torno da figura do soberano, e constituiu herança política de um meio cultural absorvente, a cultura muçulmana: foram patrimonialistas os Estados burocráticos do antigo Oriente, como o Egito e a China. No Ocidente, por razões políticas, militares e de economia estatal, o patrimonialismo foi, e é, essencialmente estamental, com aumento da esfera de participantes das benesses do poder; um exemplo típico foi a monarquia portuguesa dos séculos XV e XVI, herdado pelo Brasil no período colonial, com as capitanias e a economia centrada em grandes propriedades familiares monocultoras.

10. WEBER, 1992, pp. 104-106.

O que é o patrimonialismo? Na sociologia weberiana, corresponde a um tipo de dominação tradicional, caracterizada "pelo fato de o soberano organizar o poder político de forma análoga a seu poder doméstico". Desse modo, a obediência ao chefe político geralmente está assegurada por um "sistema de dominação", representado por três tipos: a "dominação carismática", a "dominação racional-legal" e a "dominação tradicional" – sistema esse de dominação 'legítima' lastreado na constituição dos estamentos a que se refere, por exemplo, Raymundo Faoro.[11] Os estamentos se fundam na divisão da sociedade conforme a posição social que seus membros ocupam: constituem-se de comunidades "fechadas", de maneira a fazer de tudo para impedir que outros indivíduos adentrem tal grupo e compartilhem do poder ali centralizado; calcam-se na desigualdade social, reclamando para si privilégios que assegurem sua posição e sua base de poder no seio da sociedade. Os estamentos organizados se apropriam do Estado, de seus cargos e das funções públicas, impondo um regime de uso dessas vantagens advindas do status ocupado para a utilização da máquina estatal em proveito próprio, para a satisfação de interesses particulares. Eles são os verdadeiros "donos do poder". Essa elite constitui o "estamento burocrático" de que Faoro[12] se vale para explicar como um círculo de notáveis conduz os assuntos de natureza pública em uma ordem patrimonial.

O que se tem é o domínio de uma casta de altos funcionários aliada ao patronato político, cujos interesses comuns formam uma associação parasitária – verdadeiros clãs políticos que se transformam em "clãs eleitorais", nos quais a busca pelo poder de Estado os compele à agregação para possibilitar o cooptar dos votos necessários ao jogo político. Segundo Oliveira Vianna,[13] o "clã eleitoral" foi a gênese de nossos partidos políticos, os quais inicialmente se dividiram em Liberais e Conservadores, e depois se reproduziram em escala nacional para o alcance de amplas parcelas demográfica e territorial.

Dessa forma, categorias patrimonialísticas explicam muito da própria formação política brasileira. E Lima Barreto, ciente e consciente de seu tempo, foi um dos mais acurados observadores – e captadores – desse processo, dele se tornando o mais lúcido e veemente crítico.

---

11. FAORO, 1975, p. 209.
12. FAORO, 1993, p. 47.
13. VIANNA, 1982, p. 113.

Sendo o patrimonialismo "historicamente a herança política de um meio cultural absorvente, a cultura muçulmana", nada mais coerente – e criativamente instigante – do que representá-lo na forma literária ficcional por "sultões, quedivas, paxás e felás do Império Otomano...".

Por que a titularidade de "argelinos" ao conjunto dos contos? Nitidamente, a chave interpretativa principal, e imediata (porque exposta no conto embrionário "Hussein Ben-Áli Al-Bálec e Miquéias Habacuc"), tem em Argel, capital da Argélia, um elemento emblemático de explicação, na referência direta à sua história de subjugo e militarização: sempre invadida, dominada e ocupada por forças militares, dos fenícios aos romanos no século I a.C., dos árabes no século VIII aos turcos em 1518, dos franceses em 1830 ao golpe militar interno em 1963, um ano após a independência, implantada uma ditadura militar, sendo em 1979 proclamado presidente como candidato único o comandante militar de Oran. Isto é, na analogia alegórica e simulacro barretianos a similaridade do 'país ocupado', de nações e cidades dominadas por castas políticas, espaços institucionais e cívicos tomados pelo estamento militar. Ou teria Lima Barreto, como uma espécie de associação simbólica, se inspirado nos "jovens turcos" (até porque nesse conto embrionário são explícitas as referências aos turcos, ao povo turco)? Pode-se especular que sim – para uma ou para outra: os simulacros eram, afinal de contas, a argamassa de muito de sua ficção, e sempre devem ser considerados na interpretação e exegese da obra barretiana.

Em outro viés, para a construção de uma metáfora que remetesse ao universo 'orientalizado' esboçado embrionariamente no conto "Hussein Ben-Áli Al-Bálec e Miquéias Habacuc", é bastante plausível ter sido de seu intuito criativo inspirar-se nos "jovens turcos", uma vez ser intrínseca às narrativas não apenas a crítica generalizada aos governos republicanos mas também as denúncias à militarização. Não podendo ser explícito, mas podendo utilizar da analogia, acoplada ao subterfúgio e à sutileza, sendo irônico e dissimulado, satírico e disfarçado, poderia – sim – compor a titularidade do conjunto mantendo seu espírito alegórico na ambiência, cenários e personagens; e Lima Barreto, sabemos, gostava de expedientes desse tipo.

Metafóricos, críticos, insólitos, à *clef*, reflexivos, indutivos e dedutivos, explosivos de alegoria e simulacros, guardando subterfúgios e dissimulação, nos "contos argelinos" irrompe o talento e a criatividade de Lima Barreto na construção de um exemplo modelar de narrativa curta como poucos fizeram na literatura brasileira. A crítica, a ironia, a sátira, a caricatura, o pastiche, a paródia, a metáfora, a analogia e o disfarce, a simulação e a dissimulação – com os recursos da 'carnavalização' preconizados por Mikhail Bakhtin[14] – usados e retrabalhados no auge da incomparável verve sarcástica barretiana, o humor utilizado como impiedoso instrumento de denúncia e polêmica.

14. cf. BAKHTIN, 1970, pp. 143-158.

Fixação e estabelecimento do texto

Adotei como base o texto da segunda edição de *Histórias e sonhos publicada* pela Gráfica Editora Brasileira, em 1951, devidamente cotejado com a terceira edição desta coletânea (in *Coleção Lima Barreto*, vol. VI, editora Brasiliense, 1956); para muitos contos também cotejei seus respectivos textos originais, publicados em *Careta*, consultada a coleção na Biblioteca Nacional do Rio de Janeiro, na qual tive acesso, para alguns contos, aos manuscritos e provas deixadas pelo autor com correções autógrafas.

Foram efetuadas, editorialmente, as necessárias correções, atualizações e uniformizações ortográficas de acordo com o *Vocabulário Ortográfico da Língua Portuguesa*, da ABL, 2009 – respeitadas e mantidas as formas gráficas e mesmo gramaticais de Lima Barreto, sempre que pudesse representar realidade linguística (do autor, da época etc.): optei via de regra pelo máximo respeito e obediência ao uso geral do texto barretiano, preservando-se, como não poderia deixar de ser, as construções sintáticas, gramaticais e vernaculares utilizadas pelo autor, de resto em todos os seus escritos. Obedeci à pontuação do texto-base, em certos casos corrigindo lapsos de acordo com o texto da edição posterior. *M.R.*

Resumo biográfico-bibliográfico de Lima Barreto

Afonso Henriques de Lima Barreto nasceu no Rio de Janeiro em 13 de maio de 1881. De origem modestíssima, era mestiço, filho de um tipógrafo da Imprensa Nacional e de uma professora pública, que morreu quando ele tinha sete anos: nessa idade, assistiu com o pai à assinatura da Lei Áurea e às festas populares da Abolição, "retendo na memória a imagem daquela imensa multidão que aguardava a liberdade, a figura da Princesa Isabel e a visão dos carros do Imperador". Em contrapartida, guardou a imagem triste e penosa da proclamação da República, um ano depois, quando seu pai foi desligado do jornal *Tribuna Liberal*, gerando sérias dificuldades para a família.

Seus primeiros estudos somente puderam ser completados, no Ginásio Nacional (depois Colégio Pedro II), com a ajuda do padrinho de batismo, o Visconde de Ouro Preto, ministro do Império. Em 1897 ingressou na Escola Politécnica, pretendendo ser engenheiro, mas logo teve de abandonar o curso para assumir em 1902 a chefia e o sustento da família, devido ao enlouquecimento do pai, então almoxarife da Colônia de Alienados da Ilha do Governador. Em 1903, foi aprovado no concurso público para um cargo vago na Diretoria de Expedientes da Secretaria da Guerra.

A vocação e o talento nato de escritor já se manifestavam em 1904, quando iniciou a primeira versão de *Clara dos Anjos*, para no ano seguinte começar a escrever o romance *Recordações do escrivão Isaías Caminha* – que só veio a ser publicado, pela primeira vez, em 1909, por um editor português (Livraria Clássica Editora, Lisboa), por ser praticamente impossível no Brasil, uma vez que a obra era extremamente crítica e satírica ao *Correio da Manhã*, onde trabalhou por dois anos: a pioneira edição brasileira só apareceu em 1917, pela Typographia Revista dos Tribunais, Rio de Janeiro, seguida no mesmo ano por outra edição, por A. de Azevedo & Costa Editores, Rio de Janeiro, vindo a terceira em 1943 por O Livro de Bolso, São Paulo, e a quarta em 1949 pela editora Mérito, Rio de Janeiro.

No *Correio da Manhã* escreveu a famosa série de reportagens sobre o desmonte do morro do Castelo, publicadas em livro apenas recentemente, no ano de 1999. Colaborou na revista *Fon-Fon!* e, com amigos, lançou em fins de 1907 a revista *Floreal* – que sobreviveria por apenas quatro números, mas que chamou a atenção do crítico literário José Veríssimo. Anos depois, criaria a revista *Marginália*, nos mesmos moldes – e que também não resistiu por muito tempo. Já era, então, leitor e conhecedor dos grandes nomes da literatura mundial, dos escritores realistas europeus de seu tempo, em especial os aqui ainda inéditos romancistas russos.

Em 1911, escreveu em três meses o romance *Triste fim de Policarpo Quaresma*, publicado em folhetins no *Jornal do Commercio* – em livro, teve a primeira edição no ano de 1915 pela Typographia Revista dos Tribunais, Rio de Janeiro, a segunda em 1916 por Jacintho Ribeiro dos Santos Editor, Rio de Janeiro, a terceira em 1943, por O Livro de Bolso, São Paulo, a quarta em 1948, pela Gráfica Editora Brasileira, São Paulo e a 5ª também em 1948 pela editora Mérito, Rio de Janeiro. Em 1912, publicou *Aventuras do dr. Bogoloff* em dois fascículos na *Gazeta da Tarde*.

Por essa época, problemas de saúde começaram a manifestar-se, porém, não o impediram de continuar intensa colaboração na imprensa – muitas vezes sob inúmeros pseudônimos –, iniciando em 1914 uma série de crônicas diárias no *Correio da Noite*. Em 1915, o jornal *A Noite* publicou em folhetins seu romance *Numa e a ninfa* – acentuadamente calcado, *à clef*, portanto, em figuras políticas da época –, que teve a primeira edição em livro no mesmo ano também por *A Noite* e a segunda edição somente em 1950, pela Gráfica Editora Brasileira, Rio de Janeiro. Iniciou por essa época uma longa fase de colaboração na revista *Careta*, com artigos políticos sobre variados assuntos.

Nos primeiros meses de 1916, *Triste fim de Policarpo Quaresma* foi publicado por Jacintho Ribeiro dos Santos (um dos três editores que teve em vida), numa edição que abrigou também alguns contos notáveis, como "A nova Califórnia" e "O homem que sabia javanês", com boa acolhida por parte da crítica, que vê nele "um legítimo sucessor de Machado de Assis". Passou a escrever para o semanário político *A.B.C.*, e em julho de 1917, após internação hospitalar, entregou ao editor Jacintho Ribeiro dos Santos os originais de *Os Bruzundangas*, somente publicado em 1922, um mês após sua morte – que ganhou a segunda edição em 1930 pelo mesmo editor e uma terceira em 1952, pela editora Mérito, Rio de Janeiro.

Em 1918, candidatou-se a vaga na Academia Brasileira de Letras, mas seu pedido de inscrição não foi sequer considerado. Passou então definitivamente a escrever artigos e crônicas para a imprensa alternativa da época, em especial nos semanários *A Lanterna*, *A.B.C.* e *Brás Cubas*: neste, publicou um artigo em que manifestava entusiástica simpatia pela causa revolucionária russa. Após diagnóstico de epilepsia tóxica, foi aposentado do serviço público em dezembro desse ano.

No início de 1919, suspendeu a colaboração no *A.B.C.*, por ter a revista publicado um artigo contra a raça negra, com o que não concordava. Nesse ano, seu segundo editor, Monteiro Lobato, publicou *Vida e morte de M. J. Gonzaga de Sá* (Revista do Brasil, São Paulo) – o único de seus livros a passar por cuidados editorial-gráficos, e pelo qual recebeu bom pagamento e promoção, além do aplauso de velhos e novos expoentes da crítica, como João Ribeiro e Alceu Amoroso Lima (o livro teve a segunda edição em 1943 por O Livro de Bolso, São Paulo, e a terceira em 1949 pela editora Mérito, Rio de Janeiro – edição esta que abrigou vários contos). Nesse clima, candidatou-se pela segunda vez a uma vaga na Academia Brasileira de Letras –, desta vez, aceita – não conseguindo ser eleito, mas tendo o voto permanente de João Ribeiro. Sob o título "As mágoas e sonhos do povo", passou a publicar semanalmente, na revista *Hoje*, crônicas ditas de folclore urbano, reiniciando a colaboração na *Careta*, em segunda fase, só interrompida por sua morte.

De dezembro de 1919 a janeiro de 1920 ficou internado no hospício, devido a forte crise nervosa, resultando a experiência nas anotações dos primeiros capítulos da obra *O cemitério dos vivos*, memórias somente publicadas em 1953, juntamente com as do *Diário íntimo*, num mesmo volume (editora Mérito, Rio de Janeiro). Em dezembro de 1920, foi publicada por Gianlorenzo Schettino (seu terceiro editor) a coletânea *Histórias e sonhos* – o único de seus livros de contos publicado em vida (cuja segunda edição apareceu em 1951, pela Gráfica Editora Brasileira, Rio de Janeiro) – e entregou a esse editor os originais de *Marginália*, reunindo artigos e crônicas escritos para a imprensa – que se perderiam, sendo o volume editado apenas em 1953 (editora Mérito, Rio de Janeiro).

Em julho de 1921, pela terceira vez, postulou vaga na Academia Brasileira de Letras, retirando-a depois "por motivos inteiramente particulares e íntimos". Em novembro, entregou ao editor Schettino os originais de *Bagatelas*, em que reúne sua maior produção na imprensa (de 1918 a 1922), mas o livro só apareceria em 1923 (Empresa de Romances Populares, Rio de Janeiro). Em janeiro de 1922 concluiu a segunda versão do romance *Clara dos Anjos,* e entregou a G. Schettino os originais de *Feiras e mafuás* – somente publicado em 1953 pela editora Mérito, Rio de Janeiro, que no ano anterior lançara os inéditos *Coisas do Reino do Jambon* e *Vida urbana.*

Com a saúde declinando mês a mês, Lima morreu em 1° de novembro de 1922, aos 41 anos, vitimado por um colapso cardíaco.

Depois de 1922, livros de Lima Barreto – primordialmente coletâneas de contos – foram publicados esparsamente. Somente em 1956, sob organização de Francisco de Assis Barbosa, com a colaboração de Antonio Houaiss e M. Cavalcanti Proença, é que se deu a publicação da obra completa, em 17 volumes, pela editora Brasiliense, São Paulo.

O conjunto bibliográfico de Lima Barreto é o seguinte:

• *romances*

Recordações do escrivão Isaías Caminha: 1ª edição – Livraria Clássica Editora, Lisboa, 1909; 2ª edição – A. de Azevedo & Costa Editores, Rio de Janeiro, 1917; 3ª edição – O Livro de Bolso, São Paulo, 1943; 4ª edição – editora Mérito, Rio de Janeiro, 1949; 5ª edição – in "Coleção Lima Barreto", vol. I, editora Brasiliense, São Paulo, 1956.

Triste fim de Policarpo Quaresma: 1ª edição – Typographia "Revista dos Tribunais", Rio de Janeiro, 1915; 2ª edição – Typographia "Revista dos Tribunais", Rio de Janeiro, 1917; 3ª edição – O Livro de Bolso, São Paulo, 1943; 4ª edição – Gráfica Editóra Brasileira, São Paulo, 1948; 5ª edição – editora Mérito, Rio de Janeiro, 1948; 6ª edição in "Coleção Lima Barreto", vol. II, editora Brasiliense, São Paulo, 1956.

Vida e morte de M. J. Gonzaga de Sá: 1ª edição – edição da "Revista do Brasil", São Paulo, 1919; 2ª edição – Revista do Brasil, São Paulo, 1919; 3ª edição – O Livro de Bolso, São Paulo, 1943; 4ª edição – editora Mérito, Rio de Janeiro, 1949; 5ª edição – in "Coleção Lima Barreto", vol. IV, editora Brasiliense, São Paulo, 1956.

• *novelas*

Numa e a ninfa: 1ª edição – Officinas d'*A Noite*, Rio de Janeiro, 1915; 2ª edição – *A Noite*, Rio de Janeiro, 1915; 3ª edição – Gráfica Editora Brasileira, Rio de Janeiro, 1950 (contendo *Aventuras do dr. Bogoloff*); 4ª edição – in "Coleção Lima Barreto", vol. III, editora Brasiliense, São Paulo, 1956.

Clara dos Anjos: 1ª edição – editora Mérito, Rio de Janeiro, 1948; 2ª edição – in "Coleção Lima Barreto", vol. V, editora Brasiliense, São Paulo, 1956.

• *contos*

Histórias e sonhos: 1ª edição – Livraria Editora de Gianlorenzo Schettino, Rio de Janeiro, 1920; 2ª edição – Gráfica Editora Brasileira, Rio de Janeiro, 1951; 3ª edição – in "Coleção Lima Barreto", vol. VI, editora Brasiliense, São Paulo, 1956; 4ª edição – editora Expressão e Cultura, Rio de Janeiro, 2001.

• *sátira*

Aventuras do dr. Bogoloff: 1ª edição – A. Reis & C., Rio de Janeiro, 1912; 2ª edição – A. Reis & C., Rio de Janeiro, 1912; 3ª edição – in *Numa e a Ninfa*, Gráfica Editora Brasileira, Rio de Janeiro, 1950; 4ª edição – in *Os Bruzundangas* "Coleção Lima Barreto", vol. VII, editora Brasiliense, São Paulo, 1956; 5ª edição – editora Expressão e Cultura, Rio de Janeiro, 2001.

Os Bruzundangas: 1ª edição – Jacintho Ribeiro dos Santos Editor, Rio de Janeiro, 1922; 2ª edição – Jacintho Ribeiro dos Santos Editor, Rio de Janeiro, 1930; 3ª edição – editora Mérito, São Paulo/Rio de Janeiro, 1952 (contendo Parte I: Notas sobre a República das Bruzundangas; Parte II: Coisas do Reino de Jambon); 4ª edição – in "Coleção Lima Barreto", vol. VII, editora Brasiliense, São Paulo, 1956.

Coisas do Reino de Jambon: 1ª edição – editora Mérito, São Paulo/Rio de Janeiro, 1952 (in *Os Bruzundangas*); 2ª edição – in "Coleção Lima Barreto", vol. VIII, editora Brasiliense, São Paulo, 1956.

• *artigos e crônicas*

Bagatelas: 1ª edição – Empresa de Romances Populares, Rio de Janeiro, 1923; 2ª edição – in "Coleção Lima Barreto", vol. IX, editora Brasiliense, São Paulo, 1956.

Feiras e mafuás: 1ª edição – editora Mérito, São Paulo/Rio de Janeiro, 1952; 2ª edição – in "Coleção Lima Barreto", vol. X, editora Brasiliense, São Paulo, 1956.

Marginália: 1ª edição – editora Mérito, São Paulo/Rio de Janeiro, 1953 (contendo I – Marginália; II – Impressões de leitura; III – Mágoas e sonhos de um povo); 2ª edição – in "Coleção Lima Barreto", vol. XII, editora Brasiliense, São Paulo, 1956.

Vida urbana: 1ª edição – editora Mérito, São Paulo/Rio de Janeiro, 1953; 2ª edição – in "Coleção Lima Barreto", vol. XI, editora Brasiliense, São Paulo, 1956.

• *crítica*

Impressões de leitura: 1ª edição – in *Marginália,* editora Mérito, São Paulo/Rio de Janeiro, 1953; 2ª edição – in "Coleção Lima Barreto", vol. XIII, editora Brasiliense, São Paulo, 1956.

• *memorialística*

Diário íntimo: 1ª edição – editora Mérito, São Paulo/Rio de Janeiro, 1953 (contendo I – Diário íntimo; II – Diário do hospício; III – Cemitério dos vivos; IV – Inventário da biblioteca); 2ª edição – in "Coleção Lima Barreto", vol. XIV, editora Brasiliense, São Paulo, 1956.

O cemitério dos vivos: 1ª edição – in *Diário íntimo*, editora Mérito, São Paulo/Rio de Janeiro, 1953; 2ª edição – in "Coleção Lima Barreto", vol. XV, editora Brasiliense, São Paulo, 1956.

• *correspondência*

Correspondência, ativa e passiva – 1º tomo: 1ª edição in "Coleção Lima Barreto", vol. XVI, editora Brasiliense, São Paulo, 1956.

Correspondência, ativa e passiva – 2º tomo: 1ª edição in "Coleção Lima Barreto", vol. XVII, editora Brasiliense, São Paulo, 1956.

Bibliografia seleta: fontes de referência

Livros

Obras de Lima Barreto:

BARRETO, Lima. *Obra completa.* Francisco Assis Barbosa, Antonio Houaiss, M. Cavalcanti Proença (orgs.). São Paulo: Editora Brasiliense, 1956.

________. *Coisas do Reino de Jambon.* Rio de Janeiro: Editora Mérito, 1953.

________. *Histórias e sonhos.* 1.ed. Rio de Janeiro: Livraria Editora de Gianlorenzo Schettino, 1920; 2.ed. Rio de Janeiro: Gráfica Editora Brasileira, 1951.

________. *Os Bruzundangas.* 1.ed. Rio de Janeiro: Jacintho Ribeiro dos Santos Editor, 1922.

________. *Os Bruzundangas.* 3.ed. Rio de Janeiro: Editora Mérito, 1952.

Obras sobre Lima Barreto:

AMOROSO LIMA, Alceu. Prefácio. In: BARRETO, Lima. *Vida e morte de M. J. Gonzaga de Sá.* 4.ed. Rio de Janeiro: Editora Mérito, 1949.

BARBOSA, Francisco de Assis. *A vida de Lima Barreto.* Rio de Janeiro: Livraria José Olympio Editora, 1952.

CANDIDO, Antonio. Os olhos, a barca e o espelho. In: *Suplemento Cultural*, ano1, n.1, *O Estado de S. Paulo*, 17/10/1976; *A educação pela noite*. São Paulo: Editora Ática, 1987.

PRADO, Antonio Arnoni (org.). *Lima Barreto: seleção de textos*. São Paulo: Abril Cultural, 1980.

__________. Uma leitura do povo para o povo. In: BARRETO, Lima. *Triste fim de Policarpo Quaresma*. São Paulo: Editora Ática, 1998.

ROSSO, Mauro. Lima Barreto e a mulher. In: *Germina Literatura*. Rio de Janeiro, 2005. Versão online www.germinaliteratura.com.br. Acesso em 8/3/2005.

__________. Lima Barreto e o futebol. In: *Germina Literatura*. Rio de Janeiro, 2006. Versão online www.germinaliteratura.com.br. Acesso em 16/6/2006.

__________. Lima Barreto e a política. In: Revista *Contexto*. Vitória: Universidade Federal do Espírito Santo – UFES, ano VI, n. 4, 2006.

Obras gerais

BAKHTIN, Mikhail. *Problèmes de la Poétique de Dostoïevski*. Lausanne: Editions L'Age d'Homme, 1970.

BELLO, José Maria. *História da República*. São Paulo: Companhia Editora Nacional, 1972.

BROCA, Brito. *A vida literária no Brasil – 1900*. Rio de Janeiro: Livraria José Olympio Editora, 1975.

__________. *Literatura brasileira: das origens ao Realismo*. Rio de Janeiro: Editora Bertrand Brasil, 1999.

__________. *Vários escritos*. Rio de Janeiro/São Paulo: Ouro sobre Azul/ Duas Cidades, 2004.

CARVALHO, José Murilo de. *Os bestializados*: *o Rio de Janeiro e a República que não foi*. São Paulo: Companhia das Letras, 1987.

__________. As Forças Armadas na I República. In: *História geral da civilização brasileira,* v. IV. Boris Fausto (org.). Rio de Janeiro: Editora Bertrand Brasil, 1999.

FAORO, Raymundo. *Os donos do poder*: *formação do patronato político brasileiro*. São Paulo: Editora Globo, 1991.

FRYE, Northrop. *The Anatomy of Criticism*: *Four Essays*. Harmondsworth: Penguin, 1990.

MIGUEL PEREIRA, Lúcia. *Prosa de ficção: de 1870 a 1920*. Rio de Janeiro: Livraria José Olympio Editora, 1950.

MORAES, Evaristo de. *Da Monarquia para a República*. Rio de Janeiro: s. ed., 1936.

PEIXOTO, Afrânio. *Panorama da literatura brasileira*. São Paulo: Companhia Editora Nacional, 1940.

PEREIRA, Astrojildo. *Interpretações*. Rio de Janeiro: Casa do Estudante do Brasil, 1944.

PRADO, Eduardo. *Fastos da ditadura militar no Brasil*. Lisboa: Revista de Portugal, 1889.

ROMERO, Silvio. *Novos estudos de literatura contemporânea*. Rio de Janeiro: s.ed., 1898.

____________. *História da literatura brasileira*. Rio de Janeiro: Livraria José Olympio Editora, 1943.

SANT'ANNA, Sergio. *Simulacros.* Rio de Janeiro: Editora Bertrand Brasil, 1992.

SCHWARTZMAN, Simon. *Bases do autoritarismo brasileiro.* Rio de Janeiro: Editora Campus, 1982.

SEVCENKO, Nicolau. *Literatura como missão: tensões sociais e criação cultural na Primeira República.* São Paulo: Editora Brasiliense, 1983.

TAUNAY, Visconde de. *O Encilhamento.* Belo Horizonte: Editora Itatiaia, 1971.

VERÍSSIMO, José. *História da literatura brasileira.* Rio de Janeiro: Editora Francisco Alves, 1916.

VIANNA, Oliveira. *Instituições políticas brasileiras.* Brasília: Câmara dos Deputados (Biblioteca do Pensamento Brasileiro), 1982.

WEBER, Max. *Economía y Sociedad.* Buenos Aires: Fondo de Cultura Económica de Argentina, 1992.

Periódicos

Correio da Noite, Rio de Janeiro, julho de 1914. Biblioteca Nacional do Rio de Janeiro.

Careta, Rio de Janeiro: coleções dos anos de 1919, 1920, 1921 e 1922. Biblioteca Nacional do Rio de Janeiro.

Kosmos, Rio de Janeiro, n. 7, 1904. Biblioteca Nacional do Rio de Janeiro.
O Estado de S. Paulo, São Paulo, 11/11/1948; 17/10/1976.

Revista Souza Cruz, n. 39, Rio de Janeiro, 1921.

Os "contos argelinos"

Hussein Ben-Áli Al-Bálec ....e Miquéias Habacuc[1]

(conto argelino)[2]

Este conto, na origem mesma do conjunto, ostenta explícito teor e tom fabular – não utilizados (ainda) a alegoria, a sátira, o simulacro –, mas uma fábula permeada por alta voltagem de crítica política, histórica e em especial econômica, inclusive nas irônicas e satíricas referências a agiotagem, a práticas de especulação mercantil, à economia política – o que não foi muito comum na produção, ficcional e não ficcional, de Lima Barreto: raros de seus escritos, quer contos ou romances, quer crônicas ou artigos, contêm alusões a elementos de economia e finanças, o que realça a relevância deste conto, por essa característica diferenciada, que os demais argelinos não possuem em grau tão intenso e explícito.

Ao senhor Cincinato Braga[3]

Antes da conquista francesa, havia, na Argélia, uma família composta de um velho pai doente e seis filhos varões. Desde muito que o pai, devido aos achaques da idade, não se entregava diretamente aos trabalhos da sua lavoura; mas, sempre que o seu estado de saúde lhe permitia, tinha o cuidado de correr as suas terras com plantações, que eram de tâmaras, alfa, oliveiras, laranjeiras, havendo somente uma parte que era destinada à criação de ovelhas, cabras e bezerros. As plantações e a criação estavam entregues a

1. "Ben", quando em um nome de pessoa (árabe), significa "filho": no caso, Hussein seria filho de Ali. "al" é o artigo árabe.

2. O registro expresso é do próprio Lima Barreto, aposto no texto original do conto – publicado segundo as fontes disponíveis, em 1914 no jornal *Correio da Noite* (no qual Lima colaborou de junho a agosto) e que caracteriza-se insofismavelmente como a 'origem' do conjunto "contos argelinos", desenvolvido em série a partir de 1915.

3. Cincinato Braga, líder da bancada paulista na Câmara dos Deputados, que em 1913 deu início a campanha de oposição à então propalada candidatura de Pinheiro Machado como candidato oficial à sucessão de Hermes da Fonseca, articulando um pacto de solidariedade com Minas Gerais – restabelecendo a denominada 'política do café-com-leite' – por meio da formação do grupo chamado "Coligação" oposto aos "Conservadores" de Machado, que prevendo o fracasso propôs o nome de conciliação de Campos Sales (mesmo com a Bahia insistindo na candidatura Rui Barbosa), que morreu. Então foi indicado Venceslau Brás, por consenso.

cinco dos seus filhos, pois o mais velho, ele o tinha mandado ao Cairo, para estudar profundamente, na respectiva universidade, a lei do Profeta e vir a ser um *ulemá*[4] digno e sábio no Corão.[5]

Áli Bálec Al-Bálec era o nome desse filho do velho árabe e esteve de fato no Cairo; mas, bem depressa, abandonou o estudo das santas leis de Alá e do Profeta e procurou a sociedade dos infiéis.

Foi ter nas suas aventuras à Grécia, onde se demorou muito tempo e adquiriu dos gregos muitos hábitos, costumes e vícios. Não se pode em confiança dizer que os atuais sejam bem netos dos antigos; mas são aparentados. A finura e sagacidade dos últimos para abstrações filosóficas, para especulações científicas, para a análise dos sentimentos e paixões, do que dão provas as suas obras de filosofia, as suas criações científicas e as suas grandes obras literárias, empregam nos nossos dias os atuais na mercancia, no tráfico, no escambo, em que sempre procuram, com a máxima habilidade e sabedoria enganar não só os estrangeiros, como os seus próprios patrícios.

No Oriente, só há um traficante que não seja enganado pelo grego: é o armênio. Diz-se mesmo lá: o judeu é enganado pelo grego, mas o armênio engana ambos. Os turcos, de onde em onde, matam estes últimos aos milheiros, não tanto por motivos religiosos, mas por ódio do comprador cavalheiresco, do homem leal e crédulo, que se vê enganado despudoradamente, e sente que não há, no outro que o ludibriou, nenhum princípio de honra, de lealdade, de honestidade, que as relações entre os homens o exigem.

Áli Bálec Al-Bálec, apesar de ser muçulmano, foi atraído para o meio dos gregos e, com eles, aprendeu as suas espertezas, maroscas[6] e habilidades para enganar os outros. E assim foi que ele andou fora da casa paterna, fazendo o escambo dos mares do Levante, indo de Alexandria para Constantinopla, daí para Jafa, deste porto para Salônica, desta cidade para Corfu, perlustrando[7] todos aqueles mares azuis, cheios de história, de lenda, de sangue e piratas, comerciando e mesmo pirateando quando a ocasião se lhe oferecia.

---

4. Doutor em leis e religião, entre os muçulmanos, que explica o Alcorão, preside aos exercícios religiosos e administra a justiça.

5. O livro sagrado dos muçulmanos, dividido em trinta partes, com 114 suratas, ou suras (capítulos), cada uma contendo entre 3 e 286 versículos.

6. Ação desleal; trapaça; tramoia.

7. Percorrer com os olhos; examinar; observar.

Ao saber da morte do pai, vendeu logo a feluca[8] que possuía e correu a receber a herança. Coube-lhe uma grande data[9] de terra, coberta de pés de tâmaras, enquanto os irmãos tinham as suas cultivadas com alfa, com laranjeiras, oliveiras e um mesmo recebeu a sua parte em terrenos de pastagens magras, onde pasciam[10] rebanhos enfezados de ovelhas e cabras.

Todos, porém, ficaram contentes com a partilha e iam vivendo.

Áli Bálec Al-Bálec trouxera como sua mulher uma israelita que renegara o Talmude[11] pelo Corão, mas, apesar disso, tinha o maior desprezo pelos muçulmanos, aos quais considerava grosseiros, convencendo de tal coisa o marido a ponto dele não dar mais importância aos seus próprios irmãos.

Logo ao voltar ainda os atendia e os visitava; mas a mulher lhe dizia sempre:

– Esses teus irmãos são uns brutos! Parecem mochos![12] Uns bobos! Que sandálias! O pano das suas chéchias[13] é barato e sempre está sujo! Deixa-os lá!

Aos poucos, devido aos conselhos de sua mulher, Salisa, da sua insistência, ele deixou de procurar os irmãos, fez-lhes má cara, embora os filhos deles viessem de quando em quando, à casa do tio, para ver o primo Hussein, que se ia criando mais pérfido que o pai e mais orgulhoso que a mãe.

Em pouco, Áli ficou inteiramente convencido da sua imensa superioridade sobre os seus humildes e resignados irmãos. Por ter na sua sala um tapete de Esmirna, serem as suas armas de aço de Damasco, tauxiadas[14] de ouro, julgava os seus manos, que se tinham habituado à simplicidade e à modéstia, como inferiores, iguais aos das tribos negras que viviam para além do deserto. Julgando-os assim, esquecia-se que, enquanto ele viajava, enquanto ele aprendia aquelas coisas finais, os irmãos plantavam, ceifavam e colhiam, para ele aprender.

---

8. Barco típico do rio Nilo, Egito [cf. Nacentes, em português, a forma mais comum é faluca].

9. Porção ou faixa de terreno.

10. Pastar.

11. Compêndio em que se registram as discussões rabínicas que pertencem à lei, ética, costumes e história do judaísmo.

12. Diz-se de seres (homem, animais, vegetais) ou de coisas mutiladas, sem determinadas partes, ou porque nascessem sem ela ou porque lha cortassem: cavalo mocho, o que não tem orelhas; árvore mocha, a que tem os ramos cortados; navio mocho, o que perdeu a mastreação.

13. Chapéu de lã vermelho que servia de suporte ao turbante, mas que se transformou em peça de vestuário independente, usada sobre a cabeça.

14. Incrustar metais preciosos, como ouro, prata etc.

Além disso, Áli, como falasse alguns patoás levantinos,[15] julgava-se muito mais que todos os do vilaiete[16] e também, por possuir joias de ouro e pedras caras, valendo muitas piastras,[17] imaginava que tudo podia.

Por esse tempo, chegaram os franceses e o *caïd* [18]apelou para todos, a fim de socorrer o *bei*[19]com homens e valores. Áli ofereceu uma das joias do seu tesouro e quase por isso foi empalado.[20] O joalheiro do palácio verificou que as joias eram inteiramente falsas e, vindo o *bei* a saber disso, tomou a coisa como afronta e mandou castigar severamente o doador.

Salisa, sua mulher, ficou, ao conhecer a notícia, no mais completo desespero, não porque o marido estivesse em risco de vida, mas pelo fato que a fortuna representada por aquelas joias não era mais que fumaça.

Áli foi solto e jurou que havia de enriquecer de novo. Aceitou sem resistência a dominação francesa[21] e, com alegria, viu que essa dominação trazia uma grande alta para as tâmaras que o seu terreno produzia prodigiosamente. Seus irmãos, a seu exemplo, aceitaram os francos e continuaram na sua modéstia, observando muito religiosamente as leis do Corão. Áli, já habituado, em pouco se misturou com os infiéis a quem vendia as tâmaras por bom preço e gastava o grosso do rendimento que ia tendo em bebidas, apesar da proibição do Corão, em orgias com os oficiais e funcionários franceses. Construiu um palácio que ele pretendia parecido com aquele do grande califa Harum Al-Raxid, em Bagdá, conforme é descrito no livro de histórias da princesa Xerazade.[22]

Vendo que as tâmaras eram muito procuradas pelos francos que, por elas, pagavam bom dinheiro, por toda a parte começaram a plantar tâmaras; os

15. Relativo ao Levante (conjunto dos países do mediterrâneo oriental); oriental; típico dessa região ou de seu povo.

16. Divisão administrativa na Turquia, ou no império otomano.

17. Moeda de prata.

18. Título honorífico muçulmano [cf. HOUAISS, é a raiz etimológica de "alcaide"].

19. Governador de província muçulmana.

20. Sofrer empalação, antiga punição em que se enfiava uma estaca no ânus de um condenado para causar-lhe morte lenta e dolorosa.

21. Argel foi historicamente dominada e ocupada por forças militares, dos fenícios aos romanos no século I a .C., dos árabes no séc. VIII aos turcos em 1518, dos franceses em 1830.

22. Ref. a *As mil e uma noites*, obra anônima que recolhe contos árabes [originalmente e mesmo em uso corrente, é mais comum a grafia Scherazade, em vez de Xerazade].

irmãos de Áli, porém, não quiseram fazer tal, pois sabiam por experiência de seu pai, que, desde que houvesse muitas tâmaras para vender e, não se precisando desse fruto para o nosso comer diário, não era possível que muita gente as quisesse comprar tão caro. Abundando, tinham que vendê-las mais barato, para atingir e provocar os compradores mais pobres.

Continuaram com a sua alfa, as suas laranjeiras, a pascer os seus rebanhos, sem nenhuma inveja do irmão que parecia rico e os desprezava. Os seus sobrinhos, de quando em quando, iam às terras do tio e ele, por ostentação, por vaidade e para mostrar riqueza, lhes dava uma libra turca e as crianças voltavam para casa dos pais, dizendo:

– Tio Áli é que é gente! Tem tudo! Como ele é rico, por Alá!

Os seus pais respondiam:

– Cada um se deve conformar com o que Alá lhe dá! É bom que prospere, pois tem família... Deus é Deus e Maomé é seu profeta.

Veio a morrer Áli, quando as tâmaras começaram a cair de preço. Herdou-lhe os bens, além da mulher, o seu único filho Hussein Ben-Áli Al-Bálec que tinha todos os defeitos do pai aumentados com os de sua mãe.

Era vaidoso, presunçoso, ávido, desprezando os parentes, para os quais era somítico e avaro, desprezando-os como se fossem animais imundos e tidos em maldição pelas leis do Profeta. Com os franceses, entretanto, era mais pródigo do que o pai e fingia ter as suas maneiras e usos.

Nas gazetas que começaram a aparecer em Argel, Hussein Ben-Áli Al-Bálec era gabado e, apesar das leis do Corão proibirem a reprodução da figura humana, uma delas lhe publicou o retrato. As tâmaras começaram a descer; e, como Hussein tivesse notícias que, duas léguas próximas, um outro muçulmano possuía uma grande plantação delas, começou a pensar que era esta que fazia descer o preço das suas. Em Argel, sobretudo no vilaiete de Hussein, personificam-se sempre os fenômenos e a sutileza de um plantador de tâmaras não pode bem conhecer, apesar de raça árabe, o filigranado das induções da economia política...

Imaginou logo destruir a plantação e mesmo toda aquela que aparecesse na redondeza. Supôs de bom alvitre ir com alguns homens e queimar os coqueiros. O dono certamente queixar-se-ia ao *caïd* e às autoridades francas; e seria uma complicação. Homem de expedientes, lembrou-se de conseguir do capitão francês da guarnição, Al-Durand ou Al-Burhant, a destruição do plantio rival. Habitualmente, fez-se amigo do rume,[23] encheu-o de presentes, de festas, de bebidas, pois seguia o exemplo de seu pai nesse tocante; e o "cão do cristão" se fez afinal seu amigo. Um dia, depois de uma festa, o militar, que pisava indignamente a terra onde estavam os ossos do seu pai, após muitas queixas de Áli, apiedado do árabe, apressou-se em ir à plantação do vizinho e castigá-lo. Assim fez, com os seus soldados e os ferozes serviçais de Hussein. Houve queixa; o capitão foi punido; mas o *saas*[24] de tâmaras não subiu nem meio *gourde*.[25]

As suas finanças iam de mal a pior, a casa magnífica ia dando mostras de ruína e os seus móveis e alfaias deterioravam-se com o tempo. Sua mãe não cessava de censurar-lhe pelas faltas que não lhe cabiam. Ela, com aquela arrogância muito sua e inveja também muito sua, repreendia-o:

– Vês: as tâmaras caem de preço e tu não tomas providência alguma. Os meus não são assim... Mas tens o sangue de teu pai... É verdade que teus tios estão vendendo alfa, oliveiras, gado e laranjas e ganham... Se tu não fizeres esforço algum, ficarás como eles, uns macacos a viver em tocas e a dormir em pelegos de carneiro... Xmed, o teu segundo tio, ganhou duzentas piastras em azeitonas e ficou contente. Queres ser como ele?

– Que hei de fazer, mãe?

– Pensa; e não fiques aí a chorar como mulher. Saul chorou? Davi chorou? Só o Deus dos cristãos chorou: Jeová não ama o choro. Ele ama a guerra e o combate, até o extermínio. Lê os livros, os que foram os meus e os teus que são também agora os meus. Lembra-te de Débora e de Judite e eram mulheres!

Hussein Ben-Áli Al-Bálec não podia dormir com a impressão das palavras de sua mãe. O *saas* de tâmaras continuava a descer de gourde em gourde, e ele só se lembrava de Áli, de Omar, de todos aqueles de sua raça que as tinham levado em meio século, do Ganges ao Ebro. Mas o *saas* de tâmaras parecia não temer aquelas sombras augustas e ferozes. Descia sempre.

Certo dia, apareceu-lhe um homem que queria falar a sua mãe, Salisa. Era o irmão dela, Miquéias Habacuc. A irmã e o sobrinho acolheram muito bem

23. Denominação que os europeus davam aos turcos no período compreendido entre os séculos. XV e XVIII.

24. Medida oriental para o grão, de capacidade variável; alqueire: atualmente na Argélia = 48 litros.

25. Meio de transações monetárias no Oriente.

tão próximo parente e lhe falaram na baixa das tâmaras que os atormentava. Miquéias, que era homem esperto em negócios, disse para o sobrinho:

– Filho de minha irmã, tens meu sangue, mas não a minha fé nos livros santos da sinagoga; mas teus avós Isaac, Baruc, Daniel, Azaf, Etã, Zabulon, Neftali e tantos outros mandam que eu te auxilie nesse transe da tua vida que é preciosa a eles e a mim, pois ela é deles e também minha. Portanto, tal forem os presentes que tu me fizeres, eu posso purificar-me de ter socorrido um ente que não é de Israel. Dize-o que o rabino me perdoará.

Hussein ficou de pensar e, à noite, conferenciou com sua mãe Salisa.

– Filho, dá-lhe alguns cequins[26] turcos e aquelas joias falsas que quase custaram a morte de teu pai. Porque – ouve bem – o conselho dele pode ser falaz.[27]

Despertando Miquéias, logo Hussein foi ter com ele e propôs-lhe o escambo. O israelita, ao ver as joias, nem olhou mais os cequins. Ficou com os olhinhos fosforescentes de tigre na escuridão. Era como se fosse dar um salto de felino. Contou então ao sobrinho como devia proceder.

– Tu que tens o sangue de minhas avós Micaia, que era da tribo de Jeroboão, e de Azarela, que era da casa de Leedã, ouve, comprarás todas as tâmaras que houver na redondeza, mesmo antes de amadurecerem, ficando elas nos pés. Quando for época de colhê-las, colhê-las-ás todas, guardando em surrões[28] nos armazéns de tua casa e não venderás senão quando te oferecerem um lucro que dê a fartar para gastares...

– Tio amado e sábio: elas não apodrecerão?

– Não importa. As poucas "medidas" em que isto acontecer darão prejuízo, mas tu marcarás o lucro de modo que o cubras.

Hussein Ben-Áli Al-Bálec descansou um instante a cabeça sobre o peito, depois a ergueu de repente e exclamou:

– Falas com a sabedoria do Profeta, Miquéias Habacuc. Que Alá seja contigo!

Miquéias Habacuc, filho de Uriel de Sepetai, não se quis demorar mais e partiu despedindo-se da irmã Salisa e do sobrinho Hussein Ben-Áli Al-Bálec com lágrimas nos olhos, canastras pesadas com os cequins turcos e as joias falsas com que o sobrinho lhe pagara o seu profundo conselho de economia política hebraica.

---

26. Antiga moeda de ouro.

27. Enganoso; falso.

28. Bolsa ou sacola de couro para levar mantimentos; bornal.

Hussein fez o que lhe foi aconselhado; e as tâmaras começaram a ter mais oferta de preço. Vendeu-as com grande lucro no primeiro ano; no segundo, se sentia uma certa resistência no mercado, ele as reteve em grande parte; mas, no terceiro ano, ele teve que comprar a produção e viu que ia aumentando o estoque do que se pode chamar de valorização das tâmaras. Viu bem que se continuasse a comprar a produção, ficaria com ele demasiado aumentado, a sua fortuna comprometida e que fez? Cedeu. As tâmaras começaram a descer gourde a gourde. Teve uma ideia que um sargento francês lhe indicou. Vendo que elas encalhavam nos seus armazéns e os pedidos cresciam lentamente; vendo, pouco a pouco, os seus coquinhos perdendo o valor, alugou alguns gritadores que berrassem, nas ruas de Argel, a guerreira:[29]

– Vivam as tâmaras! Não há coisa melhor que as tâmaras de Hussein Ben-Áli Al-Bálec!

Nas gazetas, ele pagava anúncios das suas tâmaras, mas não vendia mais que dantes. Deu-as de graça e, como toda coisa dada de graça, elas só agradavam desse modo.

Em se tratando de vendê-las, nada! Os surrões de tâmaras aumentavam nos seus armazéns, pois teimava em comprá-las e guardá-las, para que elas não viessem afinal a não valer nada.

O tapete de Esmirna que o pai lhe deixara desfiava-se, empenhou as armas preciosas, também a herança do pai, para comprar mais sacas de tâmaras. Comprou um tapete falso e umas armas vagabundas de um cabila[30] mais vagabundo ainda, para pôr no lugar das antigas preciosidades. Os outros plantadores, que se tinham limitado a colher e vender, iam vivendo das suas modestas plantações; ele, Hussein Ben-Áli Al-Bálec, corria para a ruína certa.

Foi por aí que, novamente, lhe apareceu Miquéias Habacuc, seu tio, homem hábil e esperto nos negócios. Hussein ficou espantado, mas o tio lhe disse:

– Rebento da minha querida irmã, pelo Deus de Abraão, de Israel e de Jacó, não te amedrontes: vendi as joias por um bom preço a um grego, com o que ganhei duas coisas: dinheiro e a glória de ter enganado um cão dessa espécie. Mas, pelo Eterno! Esta ideia de pagar-me o conselho em joias falsas não é tua... Isto tem dedo de pessoa inteiramente da minha raça de Mardoc e Malaquias... Isto é de minha irmã! Não foi tua mãe quem...

29. No sentido de brado de guerra, tonitruante.

30. Denominação de membro de tribos nômades do norte da África.

– Foi. E que fizeste do dinheiro, tio amado da minha alma; socorro da minha vida?

– Emprestei-o aos turcos com bons juros e quando os cobrei, quase me esfolaram. Muito tem sofrido a raça de Israel; mas o que sofri deles, nem contar te posso – ó descendente do grande Al-Bálec, companheiro de Musa – conquistador das Espanhas!

Acabava de dizer estas palavras, quando entra no aposento em que estavam Salisa, a feroz Judite, a eloquente Débora – que, ao dar com o irmão, se põe em prantos, exclamando:

– Irmão do coração, sábio Miquéias! Tu que descendes como eu de Micaia, da tribo de Jeroboão, e de Azarela, que era da casa de Leedã, salva-me pelo nosso Deus de Abraão, de Israel e de Jacó – salva-me!

E a feroz Judite e eloquente Débora chorou não a sua dor, nem a dos outros, mas o dinheiro que se sumia.

Contou, então, Hussein ao tio, como a ruína se aproximava; como a valorização das tâmaras, no começo dando tão bom resultado, viera a acabar, no fim, em desastre completo.

O velho Miquéias, filho de Uriel de Sepetai, coçou as barbas hirsutas; os seus olhinhos luziram naquele quadro de pelos cerdosos; depois, faiscando-os malignamente, perguntou ao sobrinho:

– Com que dinheiro tu, sobrinho meu; com que dinheiro fizeste a operação?

Hussein disse-lhe que fora com o dinheiro dele e o da sua mãe. Miquéias Habacuc, judeu de Salônica, homem esperto e hábil em negócios, sorriu com gosto e demora, dizendo após:

– Tolo que és!

– Por quê?

Habacuc assim falou de súbito, logo imediatamente à pergunta:

– Que me darás em troca pela explicação?

– A última bolsa de cequins de ouro que me resta.

– És generoso e grande, sobrinho meu, filho de Salisa, minha irmã, guarda-a. Ganharemos mais. Fizeste mal em empregar o teu dinheiro e o da tua mãe. Devias empregar o dos outros.

– Como, tio Miquéias?

– Tu não sabes, meu sobrinho, essas operações de câmbio e de banco. Eu as sei. Nós agora vamos organizar a defesa das tâmaras, isto é, impedir que especuladores reduzam à miséria e à desolação esta rica região do Magreb, como dizia o teu grande avô, Al-Bálec. Vamos pedir dinheiro aos seus habitantes, para que não morram de fome e não pereçam à míngua por falta de trabalho.

– Não me darão, tio.

– Dar-te-ão, sobrinho do meu coração; dar-te-ão. Chama teus tios, irmãos de teu pai, e os filhos, e convence-os que devem dar as economias que têm, em moeda, para poderes lutar com os que querem acabar com as plantações de tâmaras do vilaiete. Dize-lhes que se não o fizerem as plantações morrerão, os habitantes fugirão, aqui ficará tudo deserto, sem água e sem pastagens; e os bens deles nada valerão e serão também eles obrigados a fugir, perdendo muito, senão tudo.

– E em troca?

– Tu lhes darás vales que vencerão juros e pagarás os vales em certo prazo.

– Mas...

Nada objetes, meio do meu sangue de Sapetai, mas meu sobrinho inteiramente. Não sabes o que é a cobiça; não sabes o que é querer ter dinheiro sem trabalhar. Eles aceitarão na certa e, não sendo ricos em breve precisarão de dinheiro. Eu vou pôr um "bazar" com o saco de cequins de ouro que te resta e farei saber que desconto esses vales teus, em dinheiro ou em mercadoria. O pouco dinheiro que tens atrairá o deles, tu comprarás tâmaras, mas pagarás em vales que vencerão o juro de dois por cento, mas que eu descontarei a vinte, trinta e mais por cento.

– Se não quiserem descontar, tio que és sábio como o mais sábio dos *ulemás*, como há de ser?

– Tens o dinheiro dos teus parentes. Em começo, pagarás tudo em dinheiro. Mas teus parentes, precisando de dinheiro, irão, como te disse, procurar-me. Eu os atenderei imediatamente. A fama correrá e ninguém temerá receber os teus vales.

– Compreendo. E as tâmaras?

– Irás vendendo a bom preço e guardando o dinheiro, deixando que uma grande parte apodreça. Tu viverás na pompa, na grandeza, e um belo dia, em vez de eu descontar vales, adquiro-os com ágio. Toda a gente quererá os teus vales e encheremos as arcas de dinheiro.

– E no fim, no pagamento, como será?

– Marcarás um prazo longo, pela festa do Beirão, e daqui até lá teremos tempo de agir.

Hussein Ben-Áli Al-Bálec empregou todas as lábias que lhe ensinou Miquéias Habacuc. Seus tios e primos entregaram-lhe as economias, pois ficaram muito contentes que ele se lembrasse de defendê-los, de impedir a ser completa a miséria. Tio e sobrinho encheram os simplórios homens de todos os afagos, de todas as blandícias,[31] e iniciaram a defesa das tâmaras, que era a própria defesa do vilaiete.

Um único não quis entregar as terras de pastagem. Foi o tio que herdara as terras de pastagem. Dissera o velho:

– As tâmaras não são do gosto de todo o mundo e as que se colhem são de sobra para os que gostam delas. Hão de se as vender barato por força, pois são demais.

Hussein Ben-Áli Al-Bálec, porém, deu inicio à sua obra de grande eficácia para todo o vilaiete, ostentando uma riqueza, um luxo e uma magnificência que reduziram, fascinaram a imaginação do povo do lugar e das circunvizinhanças.

O seu palácio foi aumentado; as suas estrebarias ficaram cheias de soberbos ginetes do Hedjaz, nas suas piscinas só corriam águas perfumadas – tudo ficou sendo um encanto no seu alcáçar[32] e dependências.

A fama de sua riqueza corria por toda a parte e até em Argel, a branca, a guerreira, seu nome era falado. Dizia a boca do povo:

– Se todos fossem como Hussein Ben-Áli Al-Bálec conquistaríamos todo o Magreb,[33] expulsando os rumes.

O seu crédito ficou sendo tal que todo o dinheiro que havia naquelas terras entrou para as suas arcas.

As tâmaras subiram de preço, de fato; mas pouco. Entretanto, enquanto vendia um terço, guardava dois. Miquéias Habacuc exultava, com os descontos que fazia e com o dinheiro que era trazido para as mãos do sobrinho. Só a irmã, a feroz Salisa, temia o fim e perguntava ao irmão:

– Como pagaremos tantos vales, se já gastamos o dinheiro deles e temos mais tâmaras guardadas que vendidas?

– Cala-te, irmã que és minha. Aí é que está a minha grande sabedoria.

31. Carícias, afagos, carinhos.

32. Habitação imponente e suntuosa, como um palácio, uma grande mansão.

33. Região do noroeste da África, a leste da serra do Atlas.

O dinheiro amoedado desapareceu e os vales de Hussein corriam como moeda. No começo equivaliam ao seu valor em cequins; mas, bem depressa, para se comprar com eles um *saas* de trigo, tinha-se de gastar o duplo do que se gastava antigamente. O povo começava a desconfiar, quando veio rebentar a guerra de Abdelcáder, emir[34] de Mascara. Andava ele precisando de homens e víveres. O emir, que sabia do prestígio de Hussein naquele vilaiete, oferece-lhe alguns milhares de libras turcas, para que mandasse homens.

Miquéias, que sabe do caso, intervém, e propõe que o sobrinho aceite, contanto que o emir lhe compre as tâmaras. O emir acede, paga as mil libras turcas, compra as tâmaras de que não precisava.

E Hussein convence os parentes que devem partir para os *goums.*[35] Para isso falou como um santo *marabute.*[36]

Antes da festa do Beirão, época que era marcada para o vencimento dos vales, fugia com a mãe, a feroz Salisa, o tio Miquéias Habacuc, homem hábil e esperto em negócios – cheios todos de ouro, ricos de apodrecer.

No vilaiete a população caiu na miséria, menos aquele tio de Hussein Ben-Áli Al-Bálec, que não quis entrar na defesa das tâmaras.

Durante muito tempo, pastoreou as suas ovelhas e tosou os seus carneiros. Os seus netos ainda hoje fazem a mesma coisa naquele lugarejo argelino, onde as inocentes tamareiras, se não constituem objeto de maldição, são tidas como simples árvores de adorno.

Correio da Noite, 7/7/1914.

---

34. Título de soberano muçulmano.
35. Guerrilheiros marroquinos, audazes, cruéis e com reputação de hábeis atacantes noturnos.
36. Simpatizante de ordem religiosa muçulmana.

Sua Alteza Imperial Jan-Ghothe

Publicado no ano em que, em 15 de março, Lima Barreto iniciou a primeira fase (até 24/6/1916) de sua longa colaboração na Careta *e lançou, em folhetins, pelo jornal* A Noite, *a novela "Numa e a ninfa" (de março a abril), o primeiro dos contos especificamente escritos para compor a série, segundo a concepção idealizada por Lima Barreto, é permeado pela crítica incisiva a Hermes da Fonseca – a começar pelo repúdio à forma e aos meios da proclamação e implantação da República, para ele, um 'golpe', uma 'usurpação institucional', explícita que era sua resistência à queda da monarquia (não sendo propriamente um monarquista, era defensor do regime monárquico para o Brasil) – o fel crítico desfiando pelas referências às graves perturbações na ordem militar e civil e agitações populares que marcaram seu governo, as artimanhas políticas, os ímpetos populistas, o nepotismo como prática de governo. O conto dá a conhecer ainda uma das denominações dadas por Lima ao Brasil, especialmente criada para esta série, diferente das conhecidas "Bruzundunga" e "Reino do Jambon".*

Abu-Al-Dhudut[1] gozava placidamente o trono do país de Al-Patak,[2] que ele tinha usurpado da maneira mais inconcebível.

Sabia que era impopular, que o povo ridicularizava com canções satíricas a sua pessoa desgraciosa e proclamava também os seus méritos intelectuais com anedotas hilariantes. Isto, porém, não o aborrecia, porque, tendo a mesa farta, um harém sortido e sobretudo honras das tropas, dos *caïds* e presentes dos príncipes estrangeiros, ele se satisfazia e se julgava um grande sultão igual àqueles que ilustraram o trono de Al-Patak.

De quando em quando, tinha desejos de se fazer notável e tomava alvitres singulares. Certa vez quis ser protetor das letras e fundou uma academia no seu palácio. Nem de propósito: Dhudut juntou nela tudo quanto foi mau rimador na cidade.[3]

---

1. Ref. a Hermes da Fonseca.

2. Ref. ao Brasil – também chamado por Lima, entre vários outros textos, de "Bruzundunga" (In: "Notas sobre a República de Bruzundangas", 1911; In: BLBJS e "Reino do Jambon" (In: BLBEM).

3. A intransigente e irascível ironia satírica de Lima Barreto aos literatos de sua época.

Em outra, entendeu em dar casas baratas a toda gente e gastou na construção delas tanto dinheiro que foi preciso lançar pesados impostos para que o Tesouro não ficasse vazio. Tal coisa veio redundar no seguinte: o artífice pagava mais barata a casa, mas comprava pelo dobro a passagem e os alimentos. Assim mesmo, os engrossadores proclamaram-no *él-mézuar,*[4] que quer dizer, segundo alguns – o pai dos operários.[5]

Para uma única coisa ele tinha jeito: era para criar aduladores. Calcularam os sábios que cada adulador custava, uns pelos outros, ao tesouro público cinco libras por dia e que, com eles, Abu-Al-Dhudut gastou no seu curto reinado cerca de vinte mil contos na nossa moeda. Impopular e odiado, por causa de suas vexações e crueldades, quis ter dedicações; e, para isso, abriu as portas das prisões aos criminosos condenados e não prendia os que eram apanhados em flagrante. A capital do Estado ficou assim entregue aos malfeitores que, não contentes com a espórtula que recebiam do chefe de polícia – *kaïa* – extorquiam, sob ameaça, dinheiro aos mercadores.

Para os cargos do governo, para os principados vassalos, ele nomeava parentes obscuros e sem saber, chegando até a fazer *ulemá* do Beit-El-Mal,[6] juiz das heranças, um seu primo que não sabia ler o Corão.[7]

O povo de Al-Patak é manso e ordeiro, por isso ele vivia sossegado,[8] tando violências com o seu vizir Pkent-Phin,[9] um homem cruel e violento,

4. Ao pé da letra, significa "estrebaria": Lima Barreto utiliza aqui o "segundo alguns (sic)", por razoável prudência...

5. Com o crescimento do movimento operário, o governo Hermes da Fonseca procurou catalisá-los a seu favor: fundou uma vila operária no Rio de Janeiro, em maio de 1911 – hoje o bairro de Marechal Hermes –, construindo moradias simples.

6. Ao pé da letra "casa do dinheiro", vale dizer o Tesouro.

7. Hermes da Fonseca tinha como primo o coronel Clodoaldo da Fonseca, que em março de 1912 teve candidatura lançada contra Euclides Malta, presidente do estado de Alagoas – mas trata-se no caso de mera conjetura ficcional de Lima Barreto ao fazer "de seu primo *ulemá* do Beit-El-Mal, juiz das heranças".

8. Pelo sentido da frase, o "ele" não se refere ao "povo de Al-Patak", e sim a Abu-Al-Dhudut, i.e., Hermes da Fonseca.

9. Em um califado ou principado muçulmano, vizir é alto funcionário responsável pela administração política e militar; Pkent-Phin refere-se certamente a Emídio Dantas Barreto, ministro da Guerra no começo do governo Hermes, durante período em que ocorreram graves perturbações na ordem militar e civil, como a Revolta da Armada – contra a qual promoveu ele uma punição excessivamente severa – e o levante do Contestado – uma região disputada

que fora na sua mocidade criador e castrador de cavalos. Não contava, portanto, com nenhum levante do povo e passava a vida na mesa e no harém, em passeio e festas, sem cuidados nem incômodos.

Os seus parentes também levavam a vida da mesma forma, tanto mais que haviam ficado ricos com as riquezas do Estado e com os presentes que recebiam em troca de proteção a este ou àquele.

Um dia veio, porém, que, não se sabe como, o povo se levantou, levou a tropa de vencida, varou as muralhas que cercavam o palácio de Abu-Al-Dhudut e tratou de pô-lo na rua.[10]

Embora o sultão tivesse ficado com muito medo, não quis logo sair pelo caminho escuso que lhe ensinava haver o seu fiel eunuco Brederodes.[11] Quis ainda carregar algumas riquezas e correu aos subterrâneos do palácio. Esperava encontrar lá cequins de ouro, aos sacos; diamantes, pérolas, rubis, topázios, safiras, barras de ouro, enfim, riquezas sem número que haviam sido amontoadas pela longa geração de vinte sultões. Desceu escadas secretas, sempre acompanhado do seu fiel Brederodes, enquanto o povo ululava diante das portas do palácio e as mulheres do harém ganiam e soltavam gritos estridentes, os quais não lhe davam nenhuma pena. Descia com febre e obsedado.[12] Chegado que foi ao tesouro, o guarda veio abrir-lhe a porta chapeada, couraçada e lenta de mover nos gonzos. O sultão logo perguntou:

– Onde estão os diamantes, escravo?

O guarda respondeu:

---

pelos estados do Paraná e Santa Catarina, onde as diversas expedições não lograram sucesso algum apesar da exagerada força utilizada.

10. Em todo este último parágrafo evidencia-se uma criação ficcional de Lima Barreto (não correspondente exatamente à realidade dos fatos): talvez Lima idealizasse e projetasse um resultado prático, por assim dizer, dos movimentos populares que grassaram durante o governo Hermes da Fonseca: agitações populares e insurreições – a Revolta da Chibata, a questão do Contestado, em 1912, o movimento em Juazeiro do Norte, várias manifestações populares no Rio e manifestações operárias em vários estados.

11. No Oriente, eunuco designava o homem castrado que guardava os haréns; difícil aqui identificar a quem se referia Brederodes: por ilação, pode-se pensar em Rivadavia da Cunha Correia, que foi primeiro ministro da Justiça e Negócios Interiores, depois ministro da Fazenda do governo Hermes.

12. Obcecado.

– Saberá Vossa Majestade que o Vosso sublime irmão,[13] sua Alteza Imperial Jan-Ghothe, levou-os todos?

– E os cequins?[14] E a prata? E as pedrarias?

O guarda, com todo o respeito e muita calma, respondeu:

– Saberá Vossa Majestade que o vosso sublime irmão, sua Alteza Imperial Jan-Ghothe, levou tudo.

Abu-Al-Dhudut quase desmaiou; e, chorando, disse para o eunuco:

– Brederodes, como sou desgraçado! Não ficou nada para mim!

Careta, 22/5/1915.[15]

13. Na verdade, Hermes da Fonseca tinha um irmão, Fonseca Hermes, deputado pela Bahia que fez parte da Constituinte de 1891 – mas não se tem notícia de seu envolvimento em casos de corrupção, falcatruas etc.; e o primogênito de Hermes da Fonseca, Mario Hermes, era líder da bancada baiana na Câmara dos Deputados. Por outro lado, nepotismo, segundo os opositores da época, residiria no fato de que nas intervenções feitas em Alagoas, Rio Grande do Norte e Bahia os militares eram "simplesmente" (sic) parentes de Hermes da Fonseca.

14. Antiga moeda de ouro.

15. In nº 361, assinado "L.B."

El-Kazenadji[1]

O conto mantém o mote básico da ferina crítica ao governo Hermes da Fonseca, mas a alegoria toma forma e corpo nas insinuações a comportamentos mundanos de autoridades, no repúdio ao da força e da repressão, e especialmente, no parágrafo final, no quanto de 'ridículo' são levantes militares e quarteladas inócuas – sem deixar de fazer uma referência satírica aos literatos da época.

O reinado de Abu-Al-Dhudut[2] foi curto, mas cheio de episódios interessantes que o cronista argelino Cide Mohâmmed Ben-Alá conta do modo mais ingênuo ao mesmo tempo florido, capaz de fazer o delicioso encanto dos mais habituados à literatura árabe. A tradução que vamos dando, além de resumida, fana muito o viço da luxuriante floração do original; mas, se tempo houver e editor, havemos de dar uma completa, respeitando o mais possível as palavras do autor argelino, assim como o seu rendilhado pensamento.[3] Contemos.

Escolheu Abu-Al-Dhudut, nos últimos dias de seu reinado, para ser o seu *kazenadji*, um levantino de nome Cide Ércu Ben-Lânod[4] muito estimado pelas suas letras e sabido nelas como o mais douto *ulemá*.[5]

---

1. *El-Kazenadji* designa 'o responsável pelo Beit-El-Mal' ("casa do dinheiro"– vide nota 6 da p. 84), i.e., o ministro da Fazenda; o próprio Lima Barreto, em nota no original, explica ser "ministro dos negócios internos do reino".

2. Ref. a Hermes da Fonseca – cf. *cit.* (vd. o conto "Sua Alteza Imperial Jan-Ghothe").

3. Evidente referência satírica de Lima Barreto aos literatos da época e suas escrita e linguagem floreadas: Cide Mohâmmed Ben-Alá bem pode ser Coelho Neto, Olavo Bilac, Afrânio Peixoto, Medeiros e Albuquerque, Figueiredo Pimentel.

4. 'O senhor Herculano': simulacro de Vladislau Herculano de Freitas, que exerceu o cargo de ministro da Justiça no governo Hermes da Fonseca de agosto de 1913 a novembro de 1914; depois, nomeado secretário da Justiça e da Segurança Pública de São Paulo em dezembro de 1918, e como deputado federal em 1922 foi o relator da reforma constitucional sob a presidência de Arthur Bernardes. Não se tem notícia do comportamento boêmio de tal personalidade, conforme descrito – alegórica e satiricamente, é verdade – nos parágrafos seguintes.

5. Doutor em leis e religião, entre os muçulmanos, que explica o Alcorão, preside aos exercícios religiosos e administra a justiça.

Cide Ércu Ben-Lânod tinha vivido muito tempo em Marselha, como cônsul de Abu-Al-Dhudut; e, fosse pela sua origem infiel, fosse pelo tempo que levou naquela cidade de França, o certo é que contraiu todos os vícios dos cristãos, especialmente dos 100 francos.

Feito *kazenadji*, ganhando muitos presentes e dispondo do tesouro do sultão, era de esperar que Cide Ércu Ben-Lânod aumentasse as mulheres do seu harém e vivesse sabiamente entre elas, como mandam o Profeta e os livros sagrados. Não tinha em grande conta os preceitos do Corão e, apesar dos conselhos de um dos seus sogros, Cide Glei Ben-Sério, continuou nos seus sacrílegos hábitos de passar as noites fora de sua casa, em visitas amaldiçoadas a certos lugares da feitoria francesa que ficava perto da capital de Al-Patak.[6]

Não contente com ir ele a tão daninhos lugares, seduziu muitos bons muçulmanos a fazer o mesmo. Um destes era o *kaïa*[7] Pessh Ben-Hoa,[8] que vem a ser entre nós o chefe da polícia militar. Não deixava este funcionário de, todas as noites, acompanhar Cide Ércu Ben-Lânod nas suas profanações às regras e preceitos do Profeta. Ambos, chegados que eram à feitoria, logo se encaminhavam para uma grande casa de uma velha francesa, de nome Susah-Hana,[9] a que chamavam – "Cidade das Flores"; e entregavam-se a todos os pecados que a religião proíbe.

Deixavam-se arrastar pelo vício de beber licores espirituosos, coisa que mais depressa faz com que entreguemos as nossas almas aos espíritos malfazejos; e cercavam-se de mulheres infiéis, mediante alguns cequins de ouro, com as quais tinham propósitos mais próprios de se os ter com as verdadeiras esposas.

A religião do Profeta dá a tal respeito tão grande liberdade que não se podia acreditar que aqueles fiéis tivessem prazer em fazer semelhante coisa, fora da comunhão dos crentes.

Mas Cide Ércu Ben-Lânod tinha tomado tal gosto por aquele vinho dos francos que borbulha e ferve como os gases danados das entranhas da terra, que não havia meio de deixar de ir uma noite à casa da velha Susah-Hana.

6. Uma das denominações do Brasil, em Lima Barreto (vd. o conto "Sua Alteza Imperial Jan-Ghothe").

7. Chefe de polícia – cf. *cit.* (vd. conto "Sua Alteza Imperial Jan-Ghothe").

8. Isto é, Pessoa – mas não logrou-se identificar a quem efetivamente se refere, sabendo-se tratar-se, pela própria descrição na narrativa, do chefe da polícia militar.

9. Isto é, Susana – referindo-se a alguma cortesã famosa na cidade à época.

O *kaïa* também se havia habituado e não deixava de acompanhar o *kazenadji.*

Certa noite, em que eles tinham bebido bem doze odres do tal vinho, estando, como de costume, na "Cidade das Flores", Cide Ércu Ben-Lânod deu em altercar com o seu companheiro:

– Tua tropa não presta pra nada! Os franceses sim é que têm tropa.

O *kaïa*, que era um chefe orgulhoso e patriota, ficou indignado com o despropósito do ministro e respondeu:

– Se tu queres ver, Cide Ércu Ben-Lânod, vou agora mesmo formá-la e cercar o palácio de Abu-Al-Dhudut.

– Quero ver, disse o outro.

O *kaïa*, meio trôpego e balançando-se que nem uma fragata franca no porto de Argel, levantou-se, veio até à porta, chamou um *spahi*[10] e deu as suas ordens.

Os dois ficaram dormindo e a força do *kaïa* cercou o *casbah,*[11] como lhe tinha sido ordenado. Foi um espanto geral e as tropas do *agha*[12] acudiram; houve combate, morrendo de parte a parte cerca de dois mil homens.

Cide Ércu Ben-Lânod e o *kaïa* Sirdar Pessh Ben-Hoa despertaram na tarde seguinte e nunca a cidade pôde saber por que motivo as tropas do último tinham cercado o *casbah* e guarnecido as estradas que iam ter a ele.

Careta, 29/5/1915.[13]

10. Designação de membro da elite de força montada dentro das seis divisões de cavalaria (Altı Bölük) do Império Otomano.

11. Palácio do soberano, nas antigas cidades árabes.

12. Ao pé da letra, ministro da Guerra.

13. In ano VIII, n. 362, assinado "L.B.".

O juramento

Neste conto, a ênfase crítica é dirigida à denominada 'política salvacionista' posta em prática pelo governo federal, em especial no estado de Pernambuco, palco de uma das maiores disputas políticas da gestão de Hermes da Fonseca, em que as oligarquias locais se opuseram a figuras poderosas do governo, gerando uma crise resolvida com uma verdadeira campanha de guerra dirigida pessoalmente pelo ministro da Guerra. A mais difícil de todas, capaz de mais fortemente impressionar a opinião pública, a 'salvação' de Pernambuco tinha em mira derrubar Rosa e Silva, que comandava a política estadual, contrapondo a ele o general Dantas Barreto, então ministro da Guerra, que desenvolveu, por orientação do próprio governo federal, uma verdadeira campanha de guerra, dirigida pessoalmente pelo militar, com lutas e emboscadas nas ruas de Recife, forçando o jovem presidente interino do estado, Estácio Coimbra, a abandonar o governo e acarretando a proclamação de Barreto. Rosa e Silva sentiu-se traído por Hermes da Fonseca.

Logo que Abu-Al-Dhudut[1] se apossou do trono de Al-Patak,[2] todos os seus companheiros e amigos quiseram também fazer o mesmo nos reinos vassalos, embora muitos dos soberanos destes tivessem ajudado Abu na sua usurpação.

O primeiro *agha*[3] ansiava por ocupar o governo do canato de Al-Súgar,[4] região rica e vasta, que até ali era governada pelo cã Ross Al-Xeiroso.[5] Este príncipe não se incomodava muito com a administração dos seus domínios e vivia em passeios e festas, fora da sua capital.

---

1. Ref. a Hermes da Fonseca – cf. *cit.*
2. Uma das denominações do Brasil, em Lima Barreto – cf. *cit.*
3. Ministro da Guerra – cf. *cit.* (vd. n. 12 da p. 89.)
4. 'Canato do açúcar', o estado de Pernambuco, produtor de cana-de-açúcar e de açúcar.
5. Simulacro de Francisco de Assis Rosa e Silva, advogado e político pernambucano, ministro da Justiça em 1889, no Governo Provisório, vice-presidente no governo Campos Sales, fundador do partido Republicano de Pernambuco, um dos mais ativos e importantes chefes oligarcas de seu estado, rival de Pinheiro Machado e adversário de Dantas Barreto no episódio 'salvacionista' de Pernambuco.

Poderoso e rico, tinha ajudado muito Abu-Al-Dhudut a subir no trono de Al-Patak, de forma que todos supunham que as pretensões do *agha* não seriam favorecidas pelo novo sultão.[6]

O *agha*, porém, não se incomodou com os serviços que Ross Al-Xeiroso tinha prestado a seu amo e senhor e tratou de encher o canato de Al-Súgar de *spahis,*[7] bombardeiros e outras tropas irregulares, sob o pretexto de que as tribos do deserto ameaçavam a capital do canato e Ross Al-Xeiroso nada fazia, deixando-se ficar entregue aos prazeres e folguedos.

Este príncipe, vendo que o *agha* continuava nos seus propósitos de usurpação, pediu uma audiência a Abu-Al-Dhudut, no que foi imediatamente atendido. Recebeu-o Abu no divã do *casbah*[8] e fez todas as promessas ao príncipe vassalo: – Ross Al-Xeiroso, juro pelos santos livros, pelo Corão, que prefiro pôr termo aos meus dias do que te ver fora do governo de Al-Súgar.

Ross Al-Xeiroso saiu seguro de que continuaria no governo e que seu filho herdaria a sua coroa de príncipe, mantendo a sua descendência nela.

Em breves dias, porém, soube que *agha* tinha mandado mais tropas para os seus domínios. Correu de novo a Abu-Al-Dhudut, que lhe reiterou as promessas feitas.

Ross Al-Xeiroso voltou a divertir-se alguns dias, quando teve notícias que o *agha*, à frente das tropas que para lá tinha enviado, tomara conta do governo de Al-Súgar e, como *cã,*[9] fora reconhecido por todos, inclusive por Abu-Al-Dhudut.

Esperou ainda alguns dias a ver se o sultão se matava; ele, porém, continuou a viver a melhor das saúdes. Ross Al-Xeiroso, contudo, espera até hoje que Abu-Al-Dhudut cumpra a sua palavra santa de sultão e chefe dos crentes.[10]

Careta, 5/6/1915.[11]

---

6. Reporta-se ao ministro da Guerra do governo Hermes da Fonseca, o general Emídio Dantas Barreto, depois presidente do estado de Pernambuco e senador, participando ativamente do chamado 'movimento salvacionista' em 1912.

7. Membro da elite das divisões de cavalaria (Altı Bölük) do Império Otomano – cf. *cit.* (vd. n. 10 da p. 89)

8. Palácio do soberano, nas antigas cidades árabes – cf. *cit.* (vd. n. 11 da p. 89).

9. Forma menos usual que *cãs,* ao pé da letra "cabelos brancos" – aqui no sentido de 'mais velho, com mais autoridade'.

10. A ironia cáustica de Lima Barreto, contra Hermes da Fonseca.

11. In ano VIII, n. 363, assinado "L.B.".

A firmeza de Al-Bandeirah

Em suas próprias palavras, Lima Barreto cultivava intensa "ojeriza" a São Paulo, considerada por ele como "a capital do espírito burguês e da avidez do dinheiro, o foco original de toda cupidez que dissolve a sociedade nacional", de resto já manifesta em artigos e crônicas como p. ex. "Sobre a carestia" (O Debate, 15/9/1917), "São Paulo e os estrangeiros" (O Debate, 6/10/1917 e 13/10) – e isso está insofismavelmente explícito no conto, especialmente na referência que faz à falsidade e puro jogo político de conchavos e barganhas nas relações entre a então incipiente São Paulo fortalecendo-se econômica e politicamente, já bastante influente no país, e os governos republicanos; a elite política de São Paulo fizera oposição a Deodoro da Fonseca (governo 1889-91), a Floriano Peixoto (governo 1891-93), também o fazia a Hermes da Fonseca – inclusive reagiu à perspectiva de intervenção por parte do governo federal, dentro da 'política salvacionista', elegendo Rodrigues Alves como presidente do estado para suceder a Albuquerque Lins, que governou de 1908 a 1911 – mas compunha com os respectivos governos para receber benefícios econômicos etc. Daí a ironia de Lima Barreto ao referir-se a esse adesismo de então – até porque a militância republicana paulista sempre se dera sob os mais rigorosos postulados do liberalismo clássico.

Abu-Al-Dhudut[1] não usurpou o trono de Al-Patak[2] sem que houvesse grande oposição por parte dos espíritos eminentes e mesmo de províncias inteiras do país. A todas estas, ele subjugou e dominou, excetuando o canato de Al-Bandeirah[3] cuja riqueza e prosperidade eram muito admiradas no país.

Esse canato era governado por quatro ou cinco famílias que, sob o pretexto de terem feito a independência de Al-Patak[4] e o proclamado sultanato, se sucediam no governo da província e a exploravam em seu proveito, tanto nos altos cargos, como no monopólio de bancos, indústrias e a exportação de tâmaras.[5]

1. Ref. a Hermes da Fonseca – cf. *cit.*
2. Ref. ao Brasil, nas 'terminologias' de Lima Barreto – cf. *cit.*
3. Ref. a São Paulo, o 'estado das bandeiras, de bandeirantes'– cf. *cit.*
4. Referência ao fato de o gesto de Pedro I, em 7 de setembro de 1822, ter ocorrido em solo paulista.
5. No caso, simulacro barretiano ao café, a grande riqueza produtiva de São Paulo; as "quatro ou cinco famílias" reportam-se à oligarquia paulista, os denominados 'quatrocentões'.

Sob o disfarce de auxiliar a lavoura desse fruto, os membros dessas quatro ou cinco famílias conseguiam dos soberanos privilégios e auxílios pecuniários que engrandeciam as suas indústrias, tornavam sem concorrentes os seus produtos e favoreciam grandes lucros nas suas explorações agrícolas. Temendo que Abu-Al-Dhudut não continuasse, como os seus antecessores, a lhes dar tudo o que pediam, armaram uma grande oposição ao seu governo, agitaram os espíritos e fizeram com que muita gente perdesse haveres, cargos e até a vida.

Abu-Al-Dhudut, quando se viu seguro no trono, tratou de invadir a província e castigá-la conforme entendesse. Organizou tropas e dispôs as coisas de forma a vencer os recalcitrantes de Al-Bandeirah. O povo dessa província pôs-se como uma só pessoa ao lado dos oligarcas que o governavam com muita habilidade e tal era esta que ninguém podia supor que o que eles defendiam eram os seus interesses particulares de donos de bancos, de chefes de casas comerciais, de proprietários de minas e fábricas, de ricos cultivadores de tâmaras.

O entusiasmo e o ardor da população pela causa de sua autonomia eram tais que tudo fazia esperar que a guerra civil rebentasse. Mas, como os membros das famílias que governavam Al-Bandeirah eram antes de tudo homens de negócios, de especulação comercial e não tinham interesse em guerrear, mas sim amedrontar Abu-Al-Dhudut de modo a que este não perturbasse as suas existências regaladas, trataram de arranjar as coisas de modo mais cômodo, tanto mais que o sultão continuava no seu propósito de intervenção. Pondo de parte tudo o que tinham afirmado com tanta altivez, procuraram um príncipe da família de Abu e arranjaram, por alguns milhares de piastras[6] e outros dons, que não houvesse a invasão projetada.

Dessa maneira eles continuaram a fruir e a aumentar as suas riquezas, embora tivessem arrastado, com a agitação que fizeram, com os juramentos que juraram, muita gente à miséria, à enxovia[7] e à morte.

Careta, 24/7/1915.[8]

---

6. Moeda de prata – cf. *cit.* (vd. n. 17 da p. 74).

7. Masmorra, calabouço.

8. In ano VIII, n. 370, assinado "L.B.".

O desconto

São Paulo, o 'estado das bandeiras, de bandeirantes', ainda é o tema central da causticidade barretiana, aqui centrada na crítica vigorosa ao frequente auxílio do governo federal, por via do aumento de impostos, ao café (tâmaras, no simulacro 'orientalizado') – forma e fórmula, segundo Lima Barreto, sempre pleiteada pelos grandes fazendeiros de café paulistas para obter auxílio e subsídios do governo federal: por três vezes, no período de 1906-1920, desde o Convênio de Taubaté, conseguiram medidas de valorização do café – às custas da elevação de impostos em outros setores e para outros estados. E como não poderia deixar passar em branco, ilustra mais uma vez o regime de peculato, corrupção, falcatruas, nepotismo etc., aliados a arbítrios e desmandos, predominante e característico da República.

Como foi contado aos leitores, o canato de Al-Bandeirah,[1] depois de arrotar muita farofa, que fazia e acontecia, acabou por comprar a não invasão das tropas de Abu-Al-Dhudut[2] por bom dinheiro.

Essa província de Al-Bandeirah, como se sabe já, é governada por vários magnatas e algumas famílias, entre aqueles conta-se o Cide Cinsin Ben-Nhato,[3] que é, a bem dizer, o general da oligarquia do canato.

Ele, quando os tais cultivadores de tâmaras[4] gastam à vontade e ficam encalacrados, corre ao sultão e diz cheio de choro e lábia: – Majestade, os cultivadores de tâmaras estão morrendo de fome; o produto da venda não paga as despesas que dá o seu cultivo; os grandes empregam toda a sua fortuna para que ele baixe.

Aí ele faz uma pausa e continua alteando a voz:

– E preciso que Vossa Majestade vá ao encontro das necessidades dessa pobre gente que tanto concorre para a grandeza do reino que é de Vossa Majestade.

– Mas como, Cide?

– Como? Dando-lhes dinheiro, Majestade.

---

1. Ref. a São Paulo, o 'estado das bandeiras, de bandeirantes' – cf. *cit.*

2. Hermes da Fonseca – cf. *cit.*

3. Simulacro de Cincinato Braga (vd. conto "Hussein Ben-Áli Al-Bálec e Miquéias Habacuc", p. 71, n. 3).

4. Simulacro de plantadores (paulistas) de café – cf. *cit.*

– Não tenho. O meu tesouro está esgotado.

– Majestade: o poder de Vossa Majestade é grande e há um meio.

– Qual?

– Vossa Majestade decrete um imposto sobre os mendigos do reino que haverá dinheiro para socorrer os miseráveis cultivadores de tâmaras.

Os sultões todos lhe fazem a vontade e os de Al-Bandeirah se blasonam[5] de ricos e trabalhadores.

Há outros casos que hei de contar-lhes, mas agora quero lembrar um muito típico. Os tais de Al-Bandeirah tinham, como já foi narrado, comprado um príncipe irmão de Abu-Al-Dhudut para que este não invadisse com as suas tropas o canato.

O príncipe, que era seguro, foi em pessoa buscar o preço do negócio. Trotou várias e muitas léguas em camelo e chegou à capital da província ex-semi-rebelde. Falou ao *cã*[6] e este mandou ordem ao seu tesoureiro, para que lhe pagassem trezentos e cinquenta mil piastras.[7]

O irmão de Abu foi logo à presença do funcionário que lhe disse:

– Príncipe: Vossa Alteza poderá ir para o palácio de Vossa Alteza que o dinheiro irá lá ter.

De fato assim foi e um empregado do tesouro lá chegou com os sacos de ouro.

Esperou este que o príncipe contasse o dinheiro. Acabou e exclamou furioso:

– Mas faltam trinta e cinco mil piastras.

– Príncipe: é a minha porcentagem. Dez por cento. O irmão de Abu calou-se.

Careta, 31/7/1915.[8]

---

5. Exibir, ostentar; vangloriar-se (de virtudes, méritos, façanhas etc. reais ou fictícios).

6. Aqui no sentido de 'mais velho, com mais autoridade'– cf. *cit.* (vd. n.9 da p. 92).

7. Moeda de prata – cf. *cit.*(vd. n. 17 da p. 74).

8. In ano VIII, n.371, assinado "L.B.".

A solidariedade de Al-Bandeirah

A ênfase do conto é conferida à Bahia – o "canato de Hbaya" – primordialmente representada por Rui Barbosa, que juntamente com São Paulo eram os dois únicos estados de "resistência" e oposição ao governo Hermes da Fonseca: mas ambos recebiam favores do governo federal – São Paulo em subsídios e auxílios de ordem econômica e fiscal, a Bahia em supostas obras públicas: sob o 'salvacionismo', na Bahia em 1912 o ministro da Viação, José Joaquim Seabra, que era adversário de Rui Barbosa, aspirava a presidência do estado, apoiado pelo governo federal (chegou a levar o presidente a visitar o estado, como atestado de prestígio), inclusive projetando uma série de obras em Salvador, como a remodelação do Cais do Porto, construção da praça Hermes da Fonseca etc. – obras a que Lima alude sarcasticamente ("... faziam uma ponte, uma torre, um bueiro e logo mandavam proclamar que era o primeiro de Al-Patak...") – para logo em seguida ter sua postulação questionada, talvez por ser adversário de Pinheiro Machado como atitude típica dos meandros políticos a que se rendia Hermes da Fonseca; o grupo que o apoiava criou uma segunda assembleia estadual e forçou a renúncia do presidente interino do estado, Aurelio Viana, o que levou o comandante do distrito militar local, general Sotero de Miranda, a bombardear Salvador, atingindo inclusive o Palácio do Governo, e provocando batalhas de rua, tiroteios e arruaças; no final de tudo, no entanto, J. J. Seabra fez-se presidente do estado.

Dos principados vassalos que constituíam o reino de Al-Patak[1] não foi só Al- Bandeirah[2] que não quis reconhecer Abu-Al-Dhudut[3] como sultão.

O canato de Hbaya[4] também, por intermédio do seu príncipe reinante, sempre protestou contra a usurpação. Ao contrário do primeiro, esse principado era trabalhado por grandes dissensões internas. Havia mais de cinco ou seis pretendentes ao seu trono e não existia entre os seus habitantes nenhuma harmonia de vistas.

---

1. Ref. ao Brasil, nas 'terminologias' de Lima Barreto – cf. *cit.*
2. Ref. a São Paulo, o 'estado das bandeiras, de bandeirantes' – cf. *cit.*
3. Ref. a Hermes da Fonseca – cf. *cit.*
4. "Canato de Hbaya", o estado da Bahia.

A população com o seu gênio vivaz, com a sua queda para a eloquência, com a sua ligeireza de espírito, muito concorria para essas divisões e ela é de gênio muito oposto à de Al-Bandeirah, cuja gente é tardia, taciturna e cheia de um ingênuo orgulho de que são os primeiros de Al-Patak.[5]

Explorado habilmente, pelos governantes, esse último sentimento da população daquela província, foi-lhes sempre fácil obter dela uma quase unanimidade. Faziam uma ponte, uma torre, um bueiro e logo mandavam proclamar que era o primeiro de Al-Patak. O povo do canato é ingênuo, como um alemão, acreditava na coisa, ficava muito contente e escolhia para as altas funções os membros de três ou quatro famílias que o exploravam.

Dessa forma, toda a resistência à usurpação de Abu-Al-Dhudut estava centralizada em Al-Bandeirah.

Acontece, porém, que, ao contrário do que era de esperar, Hbaya demonstrou mais firmeza e o seu governo chegou a resistir às tropas que o invadiram, com armas na mão. A coisa foi dolorosa e triste, pois a capital de Hbaya foi bombardeada, as suas casas incendiadas, o príncipe reinante andou daqui para ali, fugindo à sanha dos soldados de Abu-Al-Dhudut.

Infelizmente, devido às facções que dividiam a gloriosa província, a resistência não pôde ser eficaz e foi quase nula em resultados.

Esse episódio comovedor do bombardeamento da capital de Hbaya se deu justamente no dia em que o príncipe irmão de Abu-Al-Dhudut[6] recebia no tesouro de Al-Bandeirah trezentos e cinquenta mil piastras,[7] que, como já é sabido, ficavam reduzidas a trezentos e quinze mil.[8]

Careta, 7/8/1915.[9]

5. A permanente crítica e "ojeriza" de Lima Barreto – segundo suas próprias palavras – a São Paulo e seus "burgueses prepotentes e cheios de empáfia" (sic).

6. Mais uma vez, alusão a Fonseca Hermes e suas 'negociatas' (de que nunca se tiveram notícia real) – cf. *cit.* (vd. n.13 da p. 86).

7. Moeda de prata – cf. *cit.* (vd. n. 17 da p. 74).

8. No caso, comissão de 10%: mais uma vez, Lima Barreto faz alusão ao regime de corrupção, peculato, falcatruas etc. da República.

9. In ano VIII, n. 372, assinado "L.B.".

O reconhecimento

Lima Barreto dardeja aqui sua ironia sarcástica às práticas de corrupção, fisiologismo e troca de favores no parlamento, satirizado na denominação "o divã", a expressar a inércia, lassidão, ócio, preguiça de seus integrantes, ao mesmo tempo em que ainda faz referência à política baiana, com o (possível) simulacro ao juiz Paulo Fontes, que em 1919 seria indicado candidato da oposição (dirigida por Rui Barbosa e Luiz Viana) ao governo baiano em sucessão a Antonio Mariz (presidente do estado no quatriênio 1916-20) – mas J. J. Seabra acabou sendo novamente eleito (como o fora em 1912, durante o 'salvacionismo'.

A organização política do Al-Patak[1] não é assim tão absoluta como se pode supor. Em tese o sultão tem todos os poderes, mas, devido à tradição, à liberalidade de alguns soberanos, o reino possui tribunais e juízes independentes que decidem soberanamente sobre os assuntos que lhes são afetos.

Além disto, Al-Patak possui uma espécie de parlamento – o "divã" – que representa ao rei sobre as necessidades dos povos. Cada província, conforme a população, dá um certo número de representantes que o são durante alguns anos, uns durante mais anos e outros menos. Logo que Abu-Al-Dhudut[2] usurpou o trono, tratou de reformar essa espécie de conselho de Estado.

Não há quem não queira fazer parte dele, não só pelos vencimentos que percebem os seus membros, como também pelos presentes que recebem, graças à influência que possuem, podendo obter dos soberanos tudo o que desejam.

O príncipe irmão[3] de Abu-Al-Dhudut foi logo eleito membro do "divã" e feito chefe dele. Sendo homem esperto e sagaz, conhecendo perfeitamente os desejos de todos os habitantes de Al-Patak de serem do famoso conselho, tratou de regular a entrada nele, ao jeito mais propício aos seus interesses.

Com este, negociava isto; com aquele, barganhava aquilo.

---

1. Ref. ao Brasil, nas 'terminologias' ("Bruzundangas", "Jambon"etc.) de Lima Barreto – cf. *cit.*
2. Ref. a Hermes da Fonseca – cf. *cit.*
3. Mais uma vez, alusão a Fonseca Hermes, irmão de Hermes da Fonseca – cf. *cit.* (vd. n. 13 da p. 86).

Ia fazendo o seu negócio, quando se tratou do reconhecimento de Cide Pen Ben-Forte[4]. Tinha sido, esse *ulemá,*[5] juiz durante muito tempo, de forma que conhecia o irmão do sultão, quando advogava. O seu direito à entrada no "divã" era inconcusso, mas o príncipe queria que ele lhe desse dez mil piastras para tornar efetivo o seu direito. Pen Ben-Forte não esteve pelos autos e lembrou a sua Alteza o fato de ter ele obtido, revelando uma sentença dele, Cide, dinheiro ao mercador – sentença mais tarde reformada. Pen Ben-Forte tinha disso documentos e prometeu publicá-los, se não entrasse no "divã".

Não é preciso contar mais; basta dizer que o antigo juiz entrou e foi reconhecido membro do conselho.

Careta, 14/8/1915.[6]

4. Senhor Penaforte, ref. (remota) possivelmente – não há informações seguras a respeito – ao juiz Paulo Fontes (sic), da Bahia.

5. Doutor em leis e religião, entre os muçulmanos, que explica o Alcorão, preside aos exercícios religiosos e administra a justiça.

6. In ano VIII, n.373, assinado "L.B.".

O anel de Perdicas

Lima Barreto retrata a crise política surgida no estado do Rio de Janeiro – o "reino" – em 1914 – pouco antes da posse de Venceslau Brás como sucessor de Hermes da Fonseca –, envolvendo Feliciano Sodré, que protagonizou um período conturbado da política fluminense quando concorreu duas vezes para o cargo de presidente do estado do Rio de Janeiro e, em ambas, entrou em conflito com seu antigo aliado político Nilo Peçanha, uma querela antiga e que envolvia disputas pessoais, além do interesse puro e simples pelo poder. Nilo Peçanha, em 1908, elegera seu sucessor no estado, o correligionário Oliveira Botelho, que, entretanto, rompeu com o chefe, passando a apoiar ostensivamente o bloco político do senador Pinheiro Machado: nas eleições a governador, em 1912, Oliveira Botelho lançara o nome de Feliciano Sodré, figura do agrado de Pinheiro Machado, mas Nilo Peçanha candidata-se, ele mesmo, para fazer frente aos seus desafetos – com todas as chances de vencer as eleições. Precavendo-se, o governador convocara a Assembleia Legislativa, onde contava com a maioria, que deveria julgar os resultados das eleições e determinar qual dos nomes seria referendado, mas o Supremo Tribunal Federal anulara o ato e mandara restabelecer a antiga mesa da Assembleia, que por sua vez não cumpre a ordem judicial, resultando dualidade de Assembleias, uma apoiada pelo governador e outra firmada no acórdão do STF, dualidade de Assembleias que significava também dualidade de governadores: Feliciano Sodré foi empossado pelos governistas, enquanto Nilo Peçanha era empossado pela oposição, o estado em ponto de confronto, prestes a eclodir até uma guerra civil. O assunto arrastou-se por mais oito meses, até que, em 8 de setembro de 1915, ocorre o inesperado assassinato do senador Pinheiro Machado, que dava sustentação aos governistas fluminenses: perdendo sua base de apoio, estes desistiram da luta e Nilo Peçanha, por fim, é reconhecido como presidente do estado do Rio para um mandato até 31 de dezembro de 1918.

O reino não era completamente independente, mas era quase como se assim fosse. Dependia do império em tudo que tocasse as relações com os países estrangeiros e não podia ter exército próprio. O seu rei não era escolhido por força da primogenitura. Alguns sujeitos avançados tinham mostrado a desvantagem de o filho suceder ao pai no trono, e resolveram que o herdeiro fosse indicado por uma assembleia de notáveis a que chamaram – a dieta.[1]

---

1. Termo que designa genericamente assembleia política ou legislativa (esp. na Europa), originado da Dieta de Worms (em alemão: Wormser Reichstag), uma Reichstag (sessão do go-

Governava nesse tempo o reino – El-Sulida[2] príncipe velho, de pouca barba, curto de pernas, rico de muitas fazendas, que desejava do fundo da alma povoadas de escravos. Sulida tinha encaminhado bem os filhos nos cargos do reino e do império e vivia, a contento de todos, distribuindo governo mais ou menos com sabedoria. Além do desgosto que lhe ia na alma por não ter mais escravos negros nas suas propriedades agrícolas, um dos seus pesares íntimos era não passar ao filho o trono que ocupava.

Ninguém suspeitava dessa sua mágoa secreta, por isso todos diziam que Sulida era um príncipe perfeito, respeitador das leis e desejoso da igualdade de seus povos, porque se bem que aquilo lá fosse reino, era legal que ninguém tivesse privilégios.

Uma bela manhã, fosse devido à idade avançada do soberano, fosse devido a outro qualquer motivo, el-rei Sulida amanheceu muito doente e os médicos que foram chamados declararam que o príncipe poucos dias tinha de vida. Os seus ministros trataram de reunir logo a dieta, para que ela escolhesse o sucessor. Reunida a tal dieta, não chegaram os seus membros a acordo algum. Todos eram candidatos, de modo que ninguém podia escolher o sucessor de Sulida, a não ser que o sucessor fosse o próprio eleitor, isto é: o desejo de cada um era votar em si mesmo.

Resolveram então apelar para a assembleia das cidades e vilas, isto é, para uma convenção maior, composta de representantes de todos os municípios do reino. Reuniu-se essa convenção, mas não chegaram a acordo algum, após temíveis bate-bocas. Afinal, no fito de conciliar as várias correntes da política do reino, concordaram em deixar a escolha ao alvitre do soberano moribundo. Foram a ele e falaram-lhe. Ele respondeu:

– Quem deve ser o rei é Sancho.

---

verno imperial), uma cimeira, governamental e religiosa, chefiada pelo imperador Carlos V, entre 28 de janeiro e 25 de maio de 1521; historicamente conhecida pelas decisões relativas a Martinho Lutero – declarando-o um fora-da-lei – e os efeitos subsequentes na Reforma Protestante.

2. No cenário da crise política no estado do Rio de Janeiro, refere-se a Feliciano Sodré, em torno de quem Lima Barreto estabelece provocativa criação ficcional, no caso em tom de fábula – não se sabe nada de uma filha, ou de 'um genro'. A rigor, quaisquer que sejam as referências à *clef*, o que importa mesmo aqui é a menção crítica ao nepotismo, 'filhotismo' etc. prevalecentes na política e na administração do país.

Foi geral o espanto. Poucos conheciam esse Sancho e ninguém atinava com o motivo da escolha. Afinal vieram a saber que o obscuro Sancho estava noivo ou coisa parecida da filha de Sulida. Está aí como um bom pai de família procede: não podendo deixar o trono ao filho, deixou-o ao futuro marido da filha.

Houve muito barulho no reino, apesar de não dizerem os cronistas se Sancho casou-se mesmo com a princesa filha de Sulida.

Careta, 27/11/1915.[3]

3. In ano VIII, n.388, assinado "L.B.".

Os Kalogheras

No título do conto encontra-se a referência barretiana a Pandiá Calógeras, ministro da Guerra no período de 1919-22, durante todo o governo Epitácio Pessoa (antes, fora ministro da Agricultura, em 1914-15, e ministro da Fazenda, em 1915-17, no governo Venceslau Brás), promovendo a modernização, expansão e fortalecimento do Exército, intensificando a construção de quartéis pelo país; no final de sua gestão teve de enfrentar o episódio da revolta do forte de Copacabana, no Rio de Janeiro, conhecido como "os 18 do Forte". O teor de todo o texto alude, criticamente, às características guerreiras de Calógeras, ficcionalizando até mesmo sua ancestralidade grega – sua família era proveniente de Chipre. A outra figura ilustrada por Lima Barreto, em simulacro, é Epitácio Pessoa, então presidente da República, eleito em 1918 como sucessor de Venceslau Brás e que governou até 1922: um mandato repleto de crises sociais e políticas, passando a presidência para Arthur Bernardes; antes, fora ministro da Justiça no período de 1898-1902, no governo Campos Sales, ministro do Supremo Tribunal Federal, e em 1919 chefe da delegação brasileira na Conferência de Paz de Versalhes.

O ano de 1920 marcou eventos importantes na vida de Lima Barreto, todos no mês de dezembro: a Academia Brasileira de Letras premia Vida e morte de M. J. Gonzaga de Sá *como o melhor livro publicado no ano anterior; sai a coletânea de contos* Histórias e sonhos, *em sua primeira edição, por Gianlorenzo Schettini, editor a quem Lima entrega nesse mês os originais de* Marginália, *que no entanto se perdem e somente receberão edição póstuma, em 1953.*

O sucesso do Polemarca Kalogheras[1] na retumbante mobilização das

1. Polemarca significa, em grego, "grande capitão, caudilho" – vale considerar aqui a tônica alusiva de Lima Barreto aos gregos, no descrever as origens do personagem.

Não se vislumbram razões claras que expliquem por que Lima Barreto faz referência a Calógeras na "mobilização de tropas nacionais para..." (sic), uma vez não ter ele participado diretamente quer de Canudos, p. ex., quer do episódio do 'salvacionismo' na Bahia em 1912 (vd. o conto "A Solidariedade de Al-Bandeirah"). A título de informação – nada a ver com Lima Barreto (até porque já tinha morrido) –, em 1930 Pandiá Calógeras publicou o livro *Formação histórica do Brasil*, em que considerava Antônio Conselheiro como um "velho fazendeiro assassino e insano", que vivia de esmolas e propagava uma "mistura de cristianismo primitivo, absurdos supersticiosos, ódio e revolta contra todas as autoridades. (...) Em Canu-

tropas nacionais para a gloriosa expedição da Bahia causou pasmo a todos, inclusive o Basileus Epitaphio.[2]

Entretanto a nós um tal acontecimento não nos trouxe nenhuma surpresa, porquanto conhecíamos de há muito as virtudes guerreiras dos Kalogheras, desde o mais remoto ancestral do atual ministro que foi o fulminante Alexandre da Macedônia, cuja fama enche o mundo e aborrece os meninos estudantes de história na indagação de saber se ele foi ou não foi o maior general de todos os tempos.[3] Os Kalogheras são originários da Macedônia e os outros gregos, inclusive Plutarco, falam neles aqui e ali, louvando-lhes as virtudes guerreiras. Há alguns, porém, da Beócia. Cremos mesmo que já o velho Homero, na *Ilíada*, tem um verso em que se alude a altos feitos dessa família predestinada; o certo, porém, é que, nas épocas prístinas,[4] eles sempre se mostraram guerreiros de primeira ordem. Quando os turcos conquistaram e tomaram o império Bizantino e suas restantes províncias, os Kalogheras, não tendo a quem oferecer as suas aptidões bélicas, puseram-se a serviço dos *osmanlis,*[5] pelo que os sultões respectivos deram-lhes grandes honras e muitos cequins[6] de ouro.

Corre que, entre as proezas dos Kalogheras, há a de ter ajudado a bombardear o Partenon de Atenas, feito glorioso que toda gente atribui a autoria tão-somente aos turcos, mas que, na verdade, nela tomaram parte muitos gregos. Com a emancipação grega, os Kalogheras, não podendo suportar a admiração de um rei estrangeiro, imposto pela Inglaterra e pela França, emigraram, uns, e outros entregaram-se à guerra nacional de perturbar o comércio marítimo dos mares do Levante,[7] sobretudo no do arquipélago.

---

dos milhares de pessoas viviam em promiscuidade e em ajuntamento ilegal, desordem, quer moral, quer legal, era regra tolerada, e mesmo desculpada, pelo chefe; tantos eram os roubos, violações de propriedades ou de leis, diariamente cometidos, que o governo da Bahia se viu forçado a intervir para reprimir a anarquia".

2. Ref. a Epitácio Pessoa.

3. Típica ironia de Lima Barreto.

4. Termo usado em poética, ref. a um tempo passado, antigo; a forma mais comum em português é prisca (priscas eras).

5. Povo guerreiro de origem otomana, que em 1453 completou a destruição do Império Bizantino; o povo da moderna Turquia, fundada depois do colapso do Império Otomano em 1918, é chamado de turcos *osmanlis*.

6. Antiga moeda de ouro – cf. cit. (vd. n. 26 da p. 77).

7. Ponto do horizonte onde o sol nasce, Leste; Oriente.

As duas únicas grandes potências marítimas daquelas épocas, a França e a Inglaterra, fizeram uma guerra feroz e inumana a esses patriotas gregos e a maioria dos Kalogheras foi morta, sem julgamento nem outra qualquer formalidade, nos navios de guerra ingleses e franceses, quando neles caíam como prisioneiros.

Uma raça guerreira dessas, em cujo sangue há certamente muitas gotas do sangue do turco combativo, não podia deixar de revelar no nosso atual ministro da Guerra, que dela descende, uma capacidade extraordinária e uma forte alegria que mal se faz inteirar, na tática e, feroz, na estratégia de uma guerra civil.

Quem sai aos seus, não degenera.[8]

Careta, 27/3/1920.[9]

---

8. Além da acirrada crítica a França e Inglaterra, vistas como nações imperialistas, é intensa a causticidade a Calógeras.

9. In ano XIII, n. 614, assinado "L.B.".

Conservou o fez[1]

Em nova referência a Pandiá Calógeras, Lima Barreto primeiro alude à ação de modernização e fortalecimento do Exército promovida pelo então ministro da Guerra de Epitácio Pessoa – sem deixar de destilar sua implacável ironia, ridicularizando uma das medidas de modernização de Calógeras em que, entre outras, fez construir 103 estabelecimentos militares espalhados por todo o país, tomando cuidados especiais com as instalações de serviços básicos nas casernas, inclusive os uniformes dos soldados; em seguida, reporta-se ao fato de Calógeras, formado pela Escola de Minas de Ouro Preto, ter se especializado em mineração de manganês, e em 1903, após passagem pela Europa, ganhar projeção nacional com a publicação de As minas do Brasil e sua legislação, *obra na qual fazia a distinção entre a propriedade do solo e a propriedade do subsolo, defendendo o direito do governo de desapropriar o subsolo para explorá-lo, tese mais tarde transformada na chamada Lei Calógeras.*

Não se pode deixar de admirar suficientemente o modo por que o eminente *sirdar*[2] Ben-Zuff Kalogheras vai conseguindo de modo eficaz e rápido a eficiência do nosso Exército.[3]

S. Excia. *o sirdar*, em chefe, é, como se sabe, muito bom engenheiro de minas. Em seguida, continuou nas suas inovações militares e tratou da indumentária, não só dos soldados e oficiais, como da dele.

Da primeira parte, sempre os *sirdar*-ministros tiveram o cuidado de tratar como dos primeiros atos dos seus ministérios, por isso que julgaram sempre que, mudando o hábito, faziam o monge; da segunda, entretanto, eles nunca julgaram coisa imprescindível, mesmo quando eram oficiais.

Ben-Zuff Kalogheras, porém, achou necessário experimentar modelos em sua própria pessoa. Primeiramente, pôs à prova um uniforme de viajante inglês que se vê na gravura em visita às pirâmides: um chapéu de cortiça e um

---

1. Barrete mourisco.
2. Tratamento nobiliárquico entre os turcos, sempre seguido de prenome ou do nome completo.
3. Mais uma vez referindo-se a Pandiá Calógeras.

fichu[4] azul. Feito isto, montou num camelo. Parece coisa imprópria; mas, a muitos, pareceu o contrário.

Não contente com isto e, também, porque lhe disseram que o tal *fichu* era para evitar as oftalmias, produzidas pelo revérbero da luz do Sol nas areias do deserto, tratou de arranjar um outro mais adequado ao Rio de Janeiro. Encomendou a um *adelo*[5] um vestuário de *cowboy* ou, antes, de vaqueiro mexicano, pelo qual mandou fazer um novo de excelente brim cáqui. Completo o indumento,[6] pôs vestuário, perneiras, um par de grandes esporas de rosetas, um chapéu cômico cheio de guizos; e foi embarcar as tropas que partiam para uma expedição. Até aí não parou a fúria do seu amor à novidade de uniformização ministerial.

Reparando que o traje de rigor, para conferenciar com o quediva-presidente,[7] não era bastante distinto ou original, apareceu-lhe em conferência de calças brancas, sem colete, camisa à mostra e paletó de alpaca.

O quediva formalizou-se e mastigou censuras.

Por fim, disse o soberano:

– *Sirdar*!

– Alteza!

– É nesse traje que os seus amanuenses se apresentam perante Vossa Excelência, em serviço?

– Não, Alteza. Por quê?

– Por quê? Porque julguei lhe tivessem ensinado essa moda de vestuário, para falar aos superiores.

Ele, o *sirdar*, encafifou, voltou a usar sobrecasaca com fez vermelho, que ele deixava na antessala, quando ia ao despacho. Assim, sem merecer censuras, conservava a sua originalidade... militar.

Careta, 3/7/1920.[8]

---

4. Cobertura triangular, ligeira, geralmente usada para o pescoço e ombros de senhoras: há evidente ironia barretiana, no caso.

5. Comerciante de roupas e trastes usados (brechó).

6. Forma adotada por Lima para indumentária.

7. Quediva: título do vice-rei do Egito, enquanto este país foi tributário da Turquia (1867-1922).

8. In ano XIII, n. 628, assinado "L.B.".

Arte de governar

No cenário de mais uma das denominações barretianas para o Brasil, palco de crise social e econômica – 'o povo sem ter onde morar nem o que comer' –, Epitácio Pessoa é retratado com a ironia de uma 'sabedoria' de governança voltada para festas e banquetes, em especial 'tratando de promover outras com príncipes estrangeiros', referindo-se à visita do rei Alberto, da Bélgica.

Quando o príncipe Epi[1] subiu ao trono de rajá[2] de Bengabul,[3] toda a gente exultou, porque um cidadão da América, chamado Vilsão,[4] tinha em grande conta os seus méritos de cantor de modinhas. Ele ia fazer grandes coisas, inclusive a felicidade do povo.

Vivia este na mais atroz desgraça. Não tinha casas em que morasse e os gêneros de primeira necessidade andavam pela hora da morte. Segundo propalava, ele iria dar remédio a isso tudo e a fartura havia de reinar nos lares pobres.

Epi era pequenino e vaidoso, mais pequeninos e vaidosos do que ele, porém, os que o cercavam. Gostavam de festas e macumba e, logo que o viram no trono, trataram de arrumar muita festança.

Depois de sua ascensão, não havia dia em que, por este ou aquele motivo, não houvesse um bródio[5] suculento.

E os seus auxiliares diziam:

– Isto é que é governo! Epi sabe governar!

Não contente com festas caseiras, tratou de arranjar outras com príncipes estrangeiros. Chamou para visitar o país o príncipe das ilhas Alentianas, que imediatamente veio visitá-lo.

---

1. Simulacro de Epitácio Pessoa.
2. Príncipe, chefe ou governante na Índia, mas extensivo ao Oriente.
3. Mais uma das denominações barretianas para o Brasil.
4. Não foi possível identificar a quem e a que Lima Barreto se refere.
5. Refeição farta; banquete festivo.

O príncipe era um rapagão[6] reforçado e sabia remar em canoa como ninguém. Epi fez uma despesa louca para recebê-lo e em pessoa cuidou de todos os aprestos.[7] Durante a sua estadia no país que foi de um mês, por delicadeza, todos se calaram; mas, mesmo assim, o rajá meteu na cadeia cinco mil pobres-diabos.

Isto tudo ele fazia para o rei ver.

Os trinta dias em que o soberano esteve no país foram de grossa pagodeira. Passeios, cantorias, etc. encheram o vazio da significação da visita e o povo até parecia contente.

Com esta simulação de felicidade, Epi ganhou foros de bem saber a arte de governar.[8]

Careta, 16/10/1920.[9]

---

6. No original, na segunda edição de *Histórias e sonhos* (1951) está, em evidente erro tipográfico, "patagão" (relativo à Patagônia, o natural da Patagônia), que não tem nada a ver; corrigido na terceira edição da obra (1956).
7. Petrechos.
8. Típico sarcasmo crítico de Lima Barreto.
9. In ano XIII, n. 643, assinado "L.B.".

Boa medida

Aqui, Lima Barreto faz explícito, no diálogo criativamente construído, seu ceticismo crítico com relação não só ao pensamento racionalista e científico vigente – e predominante a partir, acentuadamente, da segunda metade do século XIX – assim como aos representantes de religiões, aos juristas etc. sem deixar da referência geral ao cenário da época, durante o governo Epitácio Pessoa, de fortes crises sociais e políticas (passando pelo tom denunciador na referência a extermínio indígena), num ano intenso para o escritor: em janeiro publica um trecho de "O cemitério dos vivos – as origens", na Revista Souza Cruz; em junho é publicada, por Monteiro Lobato, a segunda edição de Vida e morte de M. J. Gonzaga de Sá, *com melhor apuro editorial-gráfico e os dizeres na capa "menção honrosa da Academia Brasileira de Letras"; em julho, apresenta-se candidato à ABL na vaga de João do Rio, retirando-se em setembro "por motivos inteiramente particulares e íntimos"; em agosto entrega ao editor Schettino os originais de* Bagatelas, *que no entanto somente serão publicados post-mortem em 1923; em outubro publica na Revista Souza Cruz a conferência "O destino da literatura" (que deveria ter feito em Rio Preto, SP, mas não fez); em dezembro começa a escrever a versão em novela de* Clara dos Anjos.

O faustoso sultão de Kambalu,[1] Abbas I,[2] que tinha por avós, em linha direta, Manuel José Fernandes, de Trás-os-Montes, reino de Portugal, e Japira, índia de nação potiguara, a qual nação habitou antigamente o império do Brasil e desapareceu, à vista da penúria do seu povo e da fome e da peste que o dizimavam, resolveu certo dia reunir em conclave as pessoas mais gradas do reino, fossem elas de que credo fossem, professassem as teorias que professassem, a fim de se aconselhar e resolver a situação.

Vieram um bispo, um mago oriental, um sábio doutor em medicina, uma cartomante, um jurista, um engenheiro e um brâmane.

Abbas I assim falou, abrindo a sessão:

– Meus senhores: todos sabeis o motivo da nossa reunião. É a dor e a piedade pelo meu querido povo que me movem a pedir-vos conselho para lhe dar lenitivo. Falai com franqueza que vos ouvirei com prazer. Falai!

---

1. Mais uma das terminologias barretianas para o Brasil.
2. Ref. a Epitácio Pessoa.

O bispo levantou-se, fez o sinal-da-cruz, orou durante alguns minutos, contando as contas do rosário e começou:

– "*Ad victum quae flagitat usus – Omnia jam mortalibus esse parata*".[3] Precisamos de igrejas, conventos, recolhimentos – majestade!

O MAGO – Não concordo. A luz é tudo, de luz é feito o mundo e Deus. Precisamos mais luz elétrica.

O DOUTOR – Isto tudo é delírio; é pura paranoia, temperada com psicatesnia,[4] frenastenia.[5] Na etiologia da peste há duas fases: primeira, a do aparecimento, dúbio, auroral, das auroras claras de maio, que é imperceptível; depois: manifestação ostensiva, horrível, de um belo horrível que só os médicos conhecem. Keats diz: "*Our songs are...*[6]

O ENGENHEIRO – Que diabo é isto? Uma encampação é mais útil...

A CARTOMANTE – Vou deitar as cartas...

O JURISTA – Cuidado com a polícia! O Código Penal, no seu livro V, art. 1824, parágrafo...

O BRÂMANE – Tudo o que vem de mim, o boi, a vaca...

ABBAS I – Ora bolas! Vocês não me aconselham coisa alguma... São uns tagarelas aborrecidos. Vou decidir por mim; vou construir um palácio magnífico. Vão se embora, e já!

Abbas I cumpriu a sua palavra. Cobriu o reino de impostos; mandou vir jaspe e ouro e mármore e pórfiro;[7] contratou no estrangeiro hábeis arquitetos e operários e construiu o palácio, para enriquecimento de seu povo e extinção das moléstias que o dizimavam.

---

3. A expressão latina é inventada por Lima Barreto.

4. Definida pela psiquiatria como neurose que se caracteriza por obsessões, dúvidas, percepção incompleta dos sentimentos, ausência de atenção e vontade, e enfraquecimento geral das funções psíquicas.

5. Outra das invenções semânticas barretianas.

6. John Keats, poeta inglês, considerado um dos maiores nomes do romantismo na Inglaterra, cuja obra mais conhecida é *Endymion* (1818) – que contém o trecho aludido por Lima; não conseguiu concluir seu maior poema, "Hyperion", devido à morte por turbeculose.

7. Jaspe: variedade de quartzo duro e opaco, de cores diversas; pórfiro: espécie de mármore muito rijo, de cor verde ou purpúrea, salpicado de manchas esbranquiçadas.

Acabada a construção, meteu-se nele. Daí a dias, porém, nem mais um criado tinha para servi-lo. Toda a gente do país havia morrido de fome e de moléstia; e ele veio também a morrer de fome porque não havia mais quem plantasse, quem colhesse, quem criasse, etc., etc.

Careta, 17/9/1921.[8]

8. In ano XIV, n. 691, assinado "L.B.".

Hóspede ilustre

No derradeiro dos contos argelinos, o "ilustre marroquino" – que não se refere específica e diretamente a nenhuma personalidade da época, mas sim como um nome e personagem criado costumeiramente por Lima Barreto em narrativas ficcionais similares, nesta série de contos, no conto "Harakashy e as escolas de Java" (in Histórias e sonhos*) e ainda, por exemplo, em* Bruzundangas, *em* Aventuras do dr. Bogoloff *– personifica uma das 'ilustres' personalidades convidadas para as comemorações, em 1922, do centenário da Independência, com a realização da grande Exposição Internacional, no então Distrito Federal, que tinha como prefeito nomeado Carlos Sampaio, em cuja administração completou-se o desmonte dos morros do Castelo e da Misericórdia, como corolário do programa de urbanização e remodelação da área central iniciado por Pereira Passos, em 1903, auxiliado por Paulo de Frontin e Oswaldo Cruz, com o "bota abaixo!", abertura da Avenida Central e reformas sanitárias, exatamente para a realização da Exposição Internacional de 1922 – ano da morte de Lima Barreto, que começara com a conclusão da versão em novela de* Clara dos Anjos, *em janeiro, a entrega ao editor Schettino, em fevereiro, dos originais de* Feiras e mafuás *(somente publicada em 1953), a publicação do primeiro capítulo ("O carteiro") de* Clara dos Anjos *na revista* O Mundo Literário, *em maio.*

Todos os dias, anunciam as folhas a chegada de um hóspede ilustre, estampando-lhe algumas vezes o retrato. O Rio de Janeiro, se não está ficando o Instituto de França ou a Royal Society de Londres, pode bem ficar sendo o Museu do Trocadero.[1]

Não me canso de ler tais notícias e causa-me assombro que semelhantes sumidades não figurem no *Larousse* e em outras publicações congêneres.

Não vem isto, porém, ao caso. O que estas linhas tencionam é protestar contra a omissão que eles fizeram, do nome do ilustre marroquino Mulay Málek Ben-Bélek. Ele vem superintender a construção do pavilhão de Marrocos que será erguido no estilo original daquele próspero império.[2]

---

1. Museu Etnográfico do Trocadero, fundado em 1878, de acervo constituído por objetos etnográficos adquiridos e coletados durante pesquisas em antropologia e pré-história realizadas até o século XX; foi destruído e substituído pelo Palais de Chaillot para a Exposição Universal de Paris de 1937.
2. Ref. à grande Exposição Internacional, no Rio de Janeiro, em 1922.

Os materiais empregados, como se sabe, são caniços e uma argamassa feita de bosta de camelo e lã de carneiro. Como aqui não havia camelos, portanto, o primeiro elemento da aludida argamassa, o imperador de Marrocos fretou um barco suíço e atestou-o daquele primordial elemento dos pártenons dos seus domínios. Vai ser uma lindeza, debaixo da *féerie* iluminativa que o senhor Carlos Sampaio contratou com os seus amigos americanos e vai nos custar os olhos da cara. Diz-se o mesmo que as experiências realizadas, no morro da Favela, mostraram de que forma mágica iluminações *yankees* transformam, em palácios de "Mil e uma Noites", cubatas[3] africanas. O emir Mulay Málek Ben-Bélek é especialista em agricultura. Ele já ensinou ao senhor Carlos a fazer brotar do caroço da uva, pés de algodão do mais estimável fio.

Além disto, conhece os outros gregos da mais alta antiguidade do que ele lê, não só em grego, como em árabe, tais como Aristóteles, Ptolomeu, Estrabão, etc. até dos propriamente árabes, persas e hindus.

Uma tal sabedoria está a indicá-lo para professor de "relatividade", na Escola Politécnica, ao lado das "Máquinas" do senhor Frontin.[4]

O emir Mulay tem oitenta e três mulheres e cento e cinquenta concubinas. Não as trouxe por dois motivos: a) por não haver grande necessidade; b) porque supôs que, aqui, não houvesse carros "especiais" em que as suas mulheres e concubinas pudessem passear pela cidade, islamicamente enclausuradas como manda o Corão. Desconhecia que, entre nós, há os carros-fortes da polícia...

Este homem eminente, entretanto, segundo dizem, está disposto a fazer-se bufarinheiro,[5] no Rio.

Careta, 26/8/1922.[6]

---

3. Choupana coberta de folhas existente em alguns povoados africanos.

4. Francisco Paulo de Frontin, engenheiro encarregado da construção da Avenida Central, no Distrito Federal em 1903, então em parceria com o ministro da Aviação, Indústria e Obras Públicas, Lauro Müller; famoso também por aumentar o abastecimento de água na cidade em uma semana, inclusive com a construção dos Arcos da Lapa, façanha que ficou conhecida como "o milagre da água em seis dias".

5. Comerciante de brechó.

6. In ano XV, assinado "L.B." [recolhido de recorte do acervo de Lima Barreto].

Outros contos políticos

O conjunto dos 33 contos, somente publicados na segunda edição (1951) da coletânea *Histórias e sonhos*, traz em si acentuadas semelhanças e analogias, por exemplo, com duas obras essencial e extremamente satíricas de Lima Barreto: *Os Bruzundangas* e *Coisas do Reino de Jambon*, ambas edições póstumas, respectivamente de 1922 e 1952.

Como nessas obras, o estilo barretiano, próximo da caricatura e zombaria, reveste-se da mais explícita 'ficção de escárnio', no retrato de um país pretenso de modernização, mas indissoluvelmente (para ele) arraigado a preconceitos elitistas e mazelas sociais.

Com várias referências a personagens da vida política e social da época, a sociedade, as eleições, a religião, os literatos e a imprensa causticamente abordados, estes contos abrigam uma crítica ferina à sociedade brasileira, sua volúvel literatura 'sorriso da sociedade' e sua contestável organização político-econômica. Na sátira e na caricatura, Lima revela, expõe e critica os graves problemas criados e – importante notar – solidamente cultivados pela República: nas narrativas deste conjunto aparecem notas sobre a história do país, a gerar reflexões sobre a história da sociedade brasileira nos primeiros anos do regime republicano, sobre a irreversível ambição de poder que alimenta os políticos e as autoridades, sobre a institucionalizada corrupção política e financeira, sobre a prática comum da fraude eleitoral, sobre o indestrutível interesse da alta sociedade por cargos políticos – para Lima, a política republicana não passa de uma vulgar especulação de cargos e propinas –, sobre o nepotismo adotado oficialmente, sobre o clientelismo e o jogo de interesses como princípios norteadores da sociedade, sobre a predominância absoluta dos interesses pessoais acima dos interesses da nação, sobre as históricas relações de favor que definiam o perfil da sociedade brasileira desde sua origem, impermeáveis a evoluções de toda ordem, e perpetuadas pelo novo regime, polarizador da manutenção do poder das oligarquias, esta sustentáculo de uma burocracia ineficiente e imobilizante. *M.R.*

O oráculo

De cegueiras visuais, mentais e conjugais

Quando Pelino notou que a vista se lhe ia escurecendo, procurou um oculista famoso, timbrado pelo governo, assegurado por várias academias, inclusive a de letras, cujo nome, precedido da mais clara fama, era garantia do milagre que o cliente esperava da ciência do doutor.

Este, porém, não pudera fazer a luz aumentar nos seus olhos que, a pouco, se iam apagando numa treva indistinta.

Pelino que, durante vinte e tantos anos, ajudara, na sua banca humilde, os ministros a cumprir as leis e os regulamentos, resolveu consultar um curandeiro.

Procurou os jornais, leu os anúncios e visitou então muitos que se anunciavam com grandes gabos.

Leu o do professor IM-RA, sacerdote da Magia Natural ou Ortológica, capaz de dar saúde, beleza, amor, por um processo psicológico, ainda desconhecido, etc., etc.

Leu outros, mas aquele que mais lhe agradou foi o do Ergonte Ribeiro, ocultista explícito, curador de doenças da virtude, por meio de uniformes adequados, cintos de castidade, manchões e outros instrumentos mecânicos esotéricos, cuja eficácia estava comprovada com 1.452 atestados que possuía.

Entre estes, ele publicava um em que o cidadão Freitas, de Umbu de Baixo, gabava o cinto que lhe havia mandado, com o qual pôde o referido cidadão impedir que sua mulher adulterasse enquanto ele andava no campo em trabalhos de criação.

Além de tais dotes, o professor Lemos Ribeiro curava a cegueira e outras moléstias, por meio de consultas a oráculos antigos, cujas receitas ele possuía em grande número.

Pelino, que precisava ficar com a sua vista em perfeito estado, para o escritório de Lemos partiu imediatamente.

Era uma vasta peça quebrada, precedida de uma antessala meio escura. Toda a peça estava forrada de livros, em altas estantes. Havia o trípode das velhas religiões da Grécia e Roma a queimar um tênue incenso.

Ouvida a consulta, Lemos Ribeiro começou a remexer os livros de sua abundante biblioteca.

Tirou primeiro, da estante, as *Peregrinações*, de Fernão Mendes e citou: "a que os moradores logo acudiam com muitas bestas e lanças, bradando a grandes vozes: Navacaranguê, Navacaranguê".

Em seguida, agarrou um volume da *História da França*, por H. Martin,[1] e leu um trecho sobre Luís XIV.

E depois de ter lido assim e citado a esmo, o sabichão expectorou a sua transcendente receita: lave os olhos com a água do banho da mulher que tenha sido sempre fiel a seu marido.

Pelino pagou, porque se pagava, e saiu a pensar no recipe que lhe dera o curandeiro. Quem seria a mulher? Pensou mais ainda e concluiu, com muita razão, que devia ser a sua.

Chegou em casa e, dentro em breve, pôde experimentar o remédio.

Apanhou um bom bocado de água do banho da esposa, e com ela lavou abundantemente os olhos uma, duas, três vezes; e neles a luz não se fez absolutamente.

Careta, 17/12/1914.

1. Publicada em 1900.

A chegada

Do receituário político adequado aos "princípios republicanos"

Quando o senador Bastos voltou de Poços, onde esteve a espiar a maré dos acontecimentos e a ler pela décima segunda vez *As democracias da América*, de Garcia Calderon – o evangelho da ditadura militar – e chegou a Cascadura, esperou que os seus amigos o fossem buscar acompanhados da banda de música da linha de tiro 69.

Tal, porém, não aconteceu e só o foi buscar o seu amado discípulo Anófeles que estudava com Sua Excelência Direito Constitucional e a criação de galos de briga.

O senador disfarçou o aborrecimento e continuou a viagem olhando os subúrbios sem encanto que a locomotiva atravessava.

Em dado momento, Anófeles, dirigiu a palavra ao paredro:

– Vossa Excelência certamente imaginava que outros admiradores o viessem buscar, não é verdade?

O solerte discípulo dissera isto para bem realçar a sua dedicação ao antigo chefe poderoso.

Bastos empertigou-se melhor no banco e respondeu com aquela sua voz sacerdotal:

– Menino, quem é coerente com os princípios republicanos, não se admira de levar coices.

Ele gostava muito dessas coisas de cavalos e sempre que podia fazia comparações e metáforas com os fatos que lhes dizem respeito.

– Como devemos entender esses princípios republicanos?

Bastos tossiu, acendeu o cigarro de palha mais uma vez e explicou:

– Primeiro: devemos entendê-los como sendo eu chefe absoluto do país, tal e qual o czar das Rússias; segundo: considerando que somos no Brasil um único povo, um Estado tem o direito de reter cereais de que não precisa, para esfomear os outros; terceiro: para favorecer a liberdade, temos a obrigação de decretar um estado de sítio permanente; quarto (e este é o mais importante dos itens): as eleições ou a escolha dos representantes da Nação não deve ser feita pelo povo, mas por uma camarilha que vela como *muezzins*[1] na catedral gótica da República. Podia dizer mais; creio, porém, que isto basta.

O trem chegava à gare da Central e Bastos foi ultimar a sua *toillete* de desembarque.

Quando voltou e olhou pela portinhola, viu que só o esperavam duas dúzias de correligionários.

Pôde ainda dizer a Anófeles:

– Antes fosse como em Cartago, meu caro Anófeles. Lá, ao menos, se enforcavam os generais derrotados.

E não pôde olhar o céu, porque a abóbada de zinco da estação escondia-o dos seus olhos.

Careta, 27/3/1915.

1. Denominação de religioso islâmico que do alto dos minaretes das mesquitas clama os fiéis para a oração cinco vezes ao dia, as orações devendo ser voltadas para Meca e realizadas seguindo um ritual.

Um candidato

De uma plataforma eleitoral afeita a submissão e fraude

Um dia destes, encontrei um senhor vestido de ganga, com um chapéu de sol, de cabo de volta, rosto tostado pelo sol que me perguntou qual o bonde próprio para ir ao morro da Graça.[1] Ouço muito falar em tal morro, mas não sei se há bonde próprio para lá ir. Pelo que tenho ouvido dizer; creio mesmo que o veículo mais próprio são os nossos pés e devemos subi-lo, como os devotos sobem os degraus da Penha: de joelhos.

É punição bastante digna quando se está diante de Deus, mas pouco decente quando se trata de ir à presença de qualquer mortal por mais poderoso que seja.

Disse ao matuto isto e ele não se espantou.

Continuou a conversar comigo e notei que aquele candidato a vítima do conto do vigário era um espertalhão de marca. Contou-me que era candidato a deputado. Perguntei:

– Foi diplomado?

– Fui.

– Por que junta?

– Pela minha.

– É a legal?

– A minha junta é sempre legal.

Gostei imensamente do critério de legalidade do futuro legislador e indaguei:

– Que pretende fazer na Câmara?

– Eu? Não pretendo fazer nada, mesmo porque não entendo desses negócios de *falação*, nem de *leizes*, nem de *franciú*.[2] Olhe, menino, quer que lhe conte as coisas tais quais são? Ouça.

---

1. No alto do morro, situado no bairro carioca de Laranjeiras, ficava a casa do senador gaúcho Pinheiro Machado, à época um dos políticos mais poderosos do país; correligionários, políticos e candidatos, cabos eleitorais, todos invariavelmente tinham de subir o morro para reverenciar o senador e pedir apoio.

2. Forma extremamente popular, o mesmo que francês, ou seja, língua francesa.

Acendeu um enorme cigarro e emendou:

– Eu tinha alguns cobres e sempre trabalhei nas *inleição* pelo senador Chavantes. Trabalho há muitos anos. Ultimamente perdi muito dinheiro na *campista.* Apareceu lá pela terra o demônio de um turco que ganhava a mais não poder. Quero tampar o rombo e só achei um caminho: fazer-me deputado por meu distrito.

– Teve grande votação?

– Que votação, menino! Isso é lá preciso!... Eu tenho atas e atas, livros e livros... Não preciso mais nada.

– Mas o seu rival talvez tivesse eleitores e...

– Que eleitores! Pr'a quê? Eleitores são as assinaturas dos mesários e arranjei um espanhol que faz *elas* tão bem como cada um deles.

– E o reconhecimento?

– É disso que vou tratar com o general. Vou lhe dizer que se ele arranjar o meu reconhecimento, ponho até cabestro e barbicacho...

– Então vai ao morro da Graça?

– Vou.

– A pé e subi-lo-á de joelhos?

– Não. *Inté* o morro, vou de *intumove,* mas para a casa do *home* subo de quatro. *Inté* logo, moço.

Careta, 3/4/1915.

Um bom diretor

Da sinceridade indesejada pelo jogo político

Estranhou o Prefeito, ao ler a folha oficial, naquela manhã, que o seu diretor de Instrução Pública tivesse designado um inspetor escolar para reger uma escola elementar em Campo Grande.

Estranhou e não era possível que tal não se desse, mas quis atribuir o fato a injunções políticas.

Em Campo Grande, no castelo feudal do Caroba, cercado de cemitérios povoados, reside o poderoso senador Rapadura, prócer do P. R. C. e dono da cidade e arredores.

Ele mesmo, Prefeito, tinha que lhe obedecer as ordens; e, certamente, o seu diretor da Instrução Pública designou um inspetor escolar para reger uma escola de *a-b-c* em obediência a pedidos do poderoso perturbador da paz dos campos-santos.

Mas, por que seria que Rapadura queria em Campo Grande um sábio inspetor escolar?

Vaidade de habitante do lugarejo, que o desejava ver assim honrado e exaltado?

Não era possível. O profanador dos túmulos, o desenquietador do sono dos defuntos, não tinha nenhum amor pelo lugar que habitava. Não pedira para ele nenhum melhoramento, e isto há vinte anos. Como é, então, que tinha tido esse assomo de vaidade? Era inexplicável. Ah... Era isto. O senador era conhecido pelas suas poucas letras e tinha mesmo dificuldades em ler os jornais, de modo que, ao crescer-lhe a idade, teve o capricho de aperfeiçoar a sua instrução primária.

Há trelas na velhice que bem parecem de menino. Os extremos tocam-se.

Sendo assim, não era decente que um senador, um legislador, fosse recapitular o quanto diz a aritmética de Trajano, sob os olhos de uma moça. O discípulo exigia um professor mais respeitável e graduado. Estava explicado o ato do seu diretor.

O Prefeito almoçou, tomou o automóvel que o esperava no portão e partiu célere para o palácio da Prefeitura.

Quando chegou a seu gabinete, que a muito custo pôde alcançar, o seu mesureiro secretário adiantou-se e antes de mais nada foi dizendo:

– Doutor, o novo diretor da instrução quer provocar uma revolução.

– Como?

– Com a tal nomeação de um inspetor escolar para professor elementar em Campo Grande.

– Revolução?

– Sim. Vossa Excelência não viu como as moças estão aí nos corredores amotinadas? Elas se dizem lesadas e os outros inspetores estão magoados e as atiçam contra Vossa Excelência.

O Prefeito pensou e disse:

– Vá chamar-me o dr. Café.

O secretário foi em pessoa e em breve o diretor voltava, tendo atravessado as antessalas entre alas de professoras, adjuntas, estagiárias, normalistas, quase debaixo de vaia.

O Prefeito perguntou-lhe logo com o sobrecenho carregado:

– Dr. Café, como é que o senhor nomeia para uma escola elementar um inspetor escolar?

– Que tem isso?

– E o regulamento?

– Vossa Excelência sabe perfeitamente que sou médico, entendo de patologia e algumas outras coisas mais...

– O Abel Parente já me havia dito.

– ... de instrução pública do município, pois, nada entendo.

– Como?

– Disse isto a Vossa Excelência no meu discurso de posse, não se lembra? Veio até nos jornais. Disse bem claro: *não entendo de instrução pública no Distrito Federal.*

– É verdade. Continue.

Careta, 3/4/1915.

Os quatro filhos d'Aymon

Da aspiração paterna a serviço dos conchavos políticos

O chefe político do distrito de Anunciação, Felizardo José Senomenho, teve a ventura de obter do seu casal quatro filhos varões: Manoel, José, Octávio e Carlos.

Lido como era nos *Doze Pares de França*,[1] o coronel sonhou logo com os quatro filhos célebres d'Aymon e desejou para os seus a glória dos paladinos filhos deste.

Infelizmente, o nosso tempo não pede guerreiros esforçados e invencíveis que andem pelo mundo a batalhar em prol de um qualquer Carlos Magno. Pensou bem e viu que os quatro deviam ser encaminhados para a política, porque, só na política, atualmente, se obtém glórias retumbantes e proventos magníficos, mais magníficos do que os despojos de reis mouros com suas mulheres estonteantes.

O primeiro trabalho de Felizardo foi fazer os seus quatro descendentes bacharéis em direito ou coisa que o valha – o que não lhe foi difícil, graças à vivacidade dos pequenos e à importância social do coronel.

Sua mulher viu um a um chegarem em casa formados nisto ou naquilo, em "escadinha", com a regularidade anual do nascimento deles.

Este fato contentou os dois velhos de tal forma que, nos primeiros anos, os rapazolas nada mais fizeram que divertir-se à grande nas fazendas dos pais e na capital do estado.

Um belo dia, porém, Felizardo chamou o mais velho e disse:

– Manéco, já falei ao Magalão. Sabes quem é? O Presidente do estado. Tu vais ser o seu oficial de gabinete e na próxima legislatura serás deputado.

---

1. Denominação dada à tropa de elite pessoal do rei Carlos Magno da França, formada por 12 cavaleiros leais ao rei, liderados por Rolando, sobrinho de Carlos Magno. Os quatro filhos d'Aymon refere-se a um romance de cavalaria, do final do século XV, que conta a história de Rolando.

Manéco fez malas, pois estava na fazenda do papai e, em breve, sorria bondosamente aos pedintes, nas antessalas do Palácio das Graças[2], na capital.

Não tardou que Felizardo viesse a ver o seu notável rebento em lugar de tanta importância. Satisfez-se com os modos, a um tempo doces e majestosos do filho, dentro do seu fraque talhado no Rio, e tratou de encaminhar o José.

Este andava pela Capital a publicar versos inócuos em revistas de grandes descortinos. Procurou-o o pai no seu aposento de solteiro e disse-lhe:

– Rapaz, esta vida não te serve. Precisas fazer-te gente.

– Trabalho, papai.

– Em quê?

– Na arte.

– Que é isto? Nada; vais entrar para a redação da *Folha Independente*.

– Como? Se ela é da oposição e o senhor é do governo?

– Não tem nada. Vais entrar e trabalhar com o senador Mariano. Veste-te.

O José queria muito entrar para um grande jornal e seguiu contente. Felizardo entendeu-se com Mariano e, no dia seguinte, o filho estreava com uma formidável descompostura ao Presidente do estado.

O Coronel tinha já encaminhado os dois; restava a outra metade. Resolveu-se a esperar. Acontece, semanas depois da colocação do Zéca, que o chefe de polícia, por causa de um assassinato, prende o principal capanga do senador estadual Juventino, amigo íntimo de Magalão.

Juventino não obtém o "abafamento" do processo; zanga-se com Magalão, por essa falta de consideração aos seus amigos e briga. Houve a cisão no partido situacionista, devido a divergências sobre os cardeais princípios da política republicana.

Felizardo, que era sabido, determinou ao terceiro que aderisse a Juventino, sem detença. A coisa foi feita. Estava encaminhado.

Restava um quarto. Como havia de ser? Esperou uns tempos.

Veio a dar-se que Brochado, deputado federal, grande amigo de Mariano, rompe com este e funda na capital do estado uma folha, para combater Mariano, Magalão e Justino. Felizardo agarra no último dos filhos e coloca na folha de Brochado.

---

2. Referência à residência de Pinheiro Machado, no morro da Graça [vide n. 1 da p.127].

Estavam, afinal, os quatro encaminhados. Vieram as eleições federais. Manoel, José, Octavio e Carlos foram apresentados candidatos a deputado, respectivamente, por Magalão, Mariano, Juventino e Brochado. Houve acordo no reconhecimento; e os filhos de Felizardo, a um só tempo, sentaram-se na Câmara dos Deputados.

Não chegaram a paladinos; mas foram pais da Pátria.

Careta, 17/4/1915.

A consulta

Da 'eficiência' da administração municipal

O prefeito de Polícia estava naquele dia muito atarefado em providenciar a captura do Elefante Branco e, por isso, não pudera dar começo à audiência pública que tinha marcado.

Sua Excelência ainda conferenciava com o diretor das Investigações, que lhe mostrava as impressões digitais do imenso paquiderme, impressões obtidas em um casebre abandonado do bairro da Saúde.[1]

Pondo uma imensa lente sobre os desenhos que o diretor lhe apresentava, o prefeito perguntou:

– Doutor, Elefante tem dedos?

O sábio diretor titubeou e por fim concordaram, o prefeito e o seu subordinado, que esse animal não possui dedos.

Resolveram encaminhar as pesquisas para outros pontos e a audiência teve começo.

A primeira pessoa a entrar foi uma senhora. Dizemos senhora porque em estilo administrativo e comercial todas as mulheres são senhoras. A diferença de tratamento entre elas fica reservado para outras ordens de estilo, entre as quais os daqueles que frequentam os clubes "chics" e os bares noturnos.

Tratava-se de Mme. Dechue, que foi logo dizendo ao prefeito:

– Vossa Excelência há de saber que ando pior do que o judeu errante.

– Quem é a senhora? – perguntou a poderosa autoridade colocando melhor o *pince-nez.*

– Eu sou Mme. Dechue.

– Ahn!

– Não tenho onde morar.

– A senhora sabe que Lustosa, Garibaldi, Manzini e outros dão essa função à polícia?

– De andar tocando os viventes daqui para ali?

– A senhora é espirituosa.

---

1. Localizado no centro da cidade do Rio de Janeiro, contíguo à zona portuária.

– Não me creio assim, embora leia com atenção os seus despachos publicados nos jornais.

– Afinal... Nós não estamos aqui a trocar espírito... Que quer a senhora?

– Quero saber onde devo morar.

– Onde não houver famílias. Isto está em Salvador Rosa[2] e outros.

– Mas, doutor, em toda a parte há famílias. Já morei no Meyer[3] e a polícia fez-me mudar de lá porque era lugar de famílias. Mudei-me para a tal rua, porque não era de famílias... Agora...

– Pode ficar certa de que com isso nada tenho. A polícia só faz mudar; o resto é lá com vocês.

Careta, 17/4/1915.

2. Drama lírico em quatro atos, do compositor e músico brasileiro Carlos Gomes (1836-1896), encenado pela primeira vez em 1874, em Gênova, Itália.

3. Bairro situado na zona norte da cidade do Rio de Janeiro.

Que rua é esta?

Da 'perfeita' integração de uma dedicada autoridade pública

Tendo sido nomeado Prefeito de Polícia, o dr. Secundino, chefe político muito estimado em Teffé, estado do Amazonas, trouxe ele para seu delegado auxiliar o dr. Fagundes, que há tantos anos não saía daquela longínqua localidade brasileira.

Em toda a parte, os cargos policiais são dados a quem conhece perfeitamente as localidades que vão policiar; entre nós, porém, esse critério obsoleto não é obedecido, de modo que o dr. Fagundes tomou conta do seu cargo, para felicidade da população carioca e da cidade do Rio de Janeiro que ele completamente desconhecia.

Fagundes, apesar dos seus trinta anos de Teffé ou E'ga, não era bronco e tinha as suas luzes; procurou, portanto exercer o seu cargo com a máxima honestidade e clarividência.

Pôs-se logo nos primeiros meses a estudar as coisas policiais e consultou com mão diurna e noturna as obras do dr. Elysio, principalmente a gíria da gatunagem que o atraía, tanto pelo lado filológico como pela sua utilidade policial.

Como bom alto funcionário de polícia, Fagundes não deixava o automóvel. Ia para a Prefeitura de Polícia de automóvel, voltava para a casa de automóvel. Se fazia compras com Mme. Fagundes... Que interessante senhora! O seu chapéu tinha dois metros de altura e uma tonelada de enfeites... E a saia? Na cintura, fazia um chumaço, que bem parecia um salva-vidas aperfeiçoado... Dizíamos: se fazia compras com Mme. Fagundes, o auto parava à porta das casas de fazendas, dos armarinhos, dos armazéns, das casas de chapéus, açougues, etc.

Ao teatro e às diligências, Fagundes só ia de automóvel; e era assim.

Ao fim de seis meses, Fagundes estava de fato inteirado da polícia científica do dr. Elysio, conhecia os regulamentos e gozava com requintado prazer a velocidade inebriante de um auto.

Não correra pelo seu cartório, nada importante, nada de chamar a atenção do público e, dos jornais, de modo que a alta autoridade se não recebia elogios, não recebia ataques.

Fagundes desfrutava o cargo com a mansidão de uma jiboia que digere o boi que engoliu. Juntava dinheiro até, pois nem comprava jornais. As redações se encarregavam de mandá-los de graça a S. Exa.

Ele os lia no seu gabinete com o vagar provinciano, especialmente as notícias de polícia. Lendo-os, se por exemplo, caía-lhe sob os olhos; *ontem, houve um incêndio na rua da Misericórdia* – logo ele perguntava ao contínuo, a um guarda, ao escrivão: onde é essa rua? Ensinavam-lhe e ele continuava a ler. Certo dia, Fagundes foi levar um alto personagem a bordo e resolveu, na volta, subir a Avenida[1] a pé. Foi vindo, olhando sempre os guardas que o cumprimentavam respeitosamente. Subia, cruzando uma porção de ruas estreitas.

Chegou a uma destas, em que havia um movimento extraordinário. Pensou em alguma greve, pensou em revolução. Aproximou-se de um guarda e perguntou:

– Que rua é esta?

O guarda, descobrindo-se a meio, respondeu:

– Vossa Excelência não sabe? É a rua do Ouvidor.[2]

Careta, 24/4/1915.

---

1. Avenida Central, hoje Rio Branco, no centro da cidade do Rio de Janeiro.
2. Situada no centro da cidade do Rio de Janeiro, primeiramente com a denominação de rua do Aleixo Manoel, depois rua do Padre Homem da Costa, passou em 1780 a ter o nome de Ouvidor porque nela morava o então ouvidor Francisco Berquó da Silveira; em 1897, passou a ser chamada rua Coronel Moreira César (comandante de uma das expedições para combater Antônio Conselheiro, em Canudos), mas finalmente em 1917 voltou a ser chamada de rua do Ouvidor. Marcante em todos os sentidos na vida social, cultural, mundana da cidade, centro da vida artística, intelectual e boêmia durante muito tempo (juntamente com a vizinha rua Gonçalves Dias), abrigava desde casas de modas, de joias, de decoração doméstica, de artigos importados, até livrarias, casas de espetáculo, confeitarias e cafés: era 'a rua dos elegantes, dos boêmios, das damas e das cocotes', um 'beco de luxo sinuoso, a grande opção de consumo para a clientela chique da capital'. Nela frequentavam políticos, homens de negócios, personalidades, em especial os dândis (que levaram o escritor Eça de Queiroz, que viveu um tempo na cidade, a escrever em uma de suas famosas "Farpas" na *Gazeta de Notícias*, "os eternos toscos achinelados da rua do Ouvidor") – mas sobretudo os escritores, artistas e intelectuais que durante quase um século fizeram da Ouvidor o centro 'nevrálgico da vida carioca'.

Abertura do Congresso

Da ópera-bufa da Política

Festa nacional. Descoberta do Brasil e abertura do Parlamento. Noite. Salão do "restaurant" do Club Epatant. Cortinas sovadas nas janelas, quadros de pacotilha pelas paredes. Os "garçons" vão e vêm. Ouve-se o chiar dos quitutes na cozinha próxima. Das salas de jogo, chega até ali o ruído especial das fichas de madrepérola. Com graves cavalheiros, pelas mesas, há "cocotes" em grande "toilette". Pequenos "toques" na moda. Fala-se um calão de todas as línguas, inclusive o português. O Congresso tem na casa uma porção de representantes. Todas as mesas ocupadas.

UMA MESA À ESQUERDA

O deputado Brederodes – Fanny, não sabes quanto me custou o reconhecimento.
Fanny – Um conto de réis?
B. – A unidade de moeda de vocês é um conto...
F. – Que é que você diz?
B. – Digo que vocês só começam a contar o dinheiro de um conto de réis para cima. Quer mais vinho?
F. – Merci. Mas quanto custou o reconhecimento de você?
B. – Não posso dizer... É segredo de Estado.

UMA MESA À DIREITA

O deputado X. – Amo-te muito, minha querida Concha.
Concha – Usted bebeu mucho hoy.
X. – É de alegria; fui reconhecido.
C. – Então usted paga aquela conta da modista. À la votre! (erguem as taças).

UMA MESA AO FUNDO

O deputado Z. – Se não tivesse sido reconhecido, diria que andava de cábula.
Emma. – Perchè?
Z. – Fiz doze paradas no 15 e não acertei nem uma vez.
E. – Não faz mal. Voi não está deputado?
Z. – Estou.
E. – Então tutto va bene.

UMA MESA JUNTO À JANELA

O candidato infeliz. – Logo vi que aqueles idiotas de Minas haviam de hostilizar a minha candidatura... Carneiros de Panurgio![1]
O deputado H. – Você não falou ao Pinheiro?[2]
Mme. Walenska – Eu disse a Almada que devia ela falá Pinheiro, mas ela não quis falá Pinheiro e foi isso.
O candidato infeliz. – Você, Sophia, não entende de política. O Pinheiro não podia me favorecer para hostilizar o Costa... ambos nós somos seus amigos.
H. – Lá isso é verdade.
Mme. Walenska. – Mas que diaba de amiga é essa Pinheira... Não entenda isso.
O candidato infeliz. – É assim, minha filha; é assim a política... Precisava bem ser reconhecido... Ando atrapalhado... Queria ir à Europa... Não queres mais vinho, H.?
H. – Aceito. (*H. bebe um pouco e continua*)
H. – Acho que não deves desanimar... O Pinheiro faz-te governador do Estado.
Mme. W. – Oh! Não! Eu não quero que Almada sai daqui...
O candidato infeliz. – Não quero também... Lá não posso viver com ela... Lugar pequeno!...

---

1. Referência à obra com este título, romance filosófico-político, de autoria de Bezerra de Menezes (1831-1900), médico, militar, escritor, jornalista, político e expoente da Doutrina Espírita no Brasil.
2. Senador Pinheiro Machado, um dos mais influentes políticos da época [vd. n. 1 da p. 127].

A ceia acaba e H. sai com a sua companheira de momento, Mme. Wronsky, que até ali estivera muda. Ao sair, ela observa:

W. – *Popre* homem, aquela tua amiga. Não fizeram ela deputada... Tão *pom*!... Coitada!

A legislatura continua mais ou menos assim até o dia de São Silvestre.[3]

Careta, 8/5/1915.

3. Dia 31 de dezembro.

Medidas de S. Excia.

De um manual para o pleno exercício do poder

Aconselha, todas as autoridades que têm tratado do assunto, que é conveniente procurar os governantes de um estado, de um país, de uma cidade, entre as pessoas que conheçam o presente e o passado, portanto, a história desse estado, desse país, dessa cidade.

Durante algum tempo, esse critério foi obedecido; mas desde que as várias partes do país quiseram ter uma maior autonomia e governadores, que as conhecessem perfeitamente, o país começou a ter à testa do seu governo os mais ignorantes e desconhecedores de sua vida passada, dentre os magnatas que sempre acompanham os grandes chefes.

Vinham indus, tabajaras, gregos, árabes e até um chinês a governá-lo, sem conhecer sequer a Capital.

Em certa ocasião, veio dirigi-lo uma bela pessoa, mas que, da Capital, só conhecia as ruas principais, o bairro "chic" e os conventos.

Nascera em província longínqua e nela passara apenas a mocidade e parte da virilidade, passou-as em Portugal.[1]

Nem pela planta, conhecia a cidade; nem pelos antigos, conhecia a sua história; mas, como não havia quem quisesse o lugar, fizeram-no governador do país e ele se entronizou no governo com a maior boa vontade.

Os nossos governantes quando querem mostrar atividade fazem-se estadistas visitantes. Mal tomam posse, mal se sentam na curul[2] governamental erguem-se logo, arrepanham meia dúzia, de *toma-larguras,*[3] sorridentes e mesureiros, e põem-se a visitar este ou aquele estabelecimento.

---

1. Há um evidente tom de fábula, uma construção em tom metafórico, no qual Lima Barreto constrói um arremedo satírico da história brasileira evocando as origens coloniais, de Portugal etc.

2. Tipo de cadeira portátil, dobrável, reservada ao uso do mais alto dignatário ou pessoa importante.

3. Equivalente a "puxa-sacos".

O novo governante, para não desmentir a tradição, deu logo em visitar os principais estabelecimentos que dependiam de sua autoridade.

É um modo de governo fácil hoje, em que há automóvel e ruas asfaltadas, mas que seria agradável há um século, quando se andava de sege,[4] traquitana,[5] liteira ou mesmo nas costas dos machos.

O gerente da metrópole portanto, não sofreu muito com seus constantes deslocamentos e fez descobertas na cidade que era sede do governo, imprevistas e nunca suspeitadas por ele.

A primeira coisa que ele notou, foi que a cidade era muito maior, que aquela em que nascera. Ele a julgava assim duas vezes e pico; viu, porém, que o era cem vezes.

Outra coisa que notou foi que os subúrbios tinham casas de pedra e cal. O presidente imaginava que neles só houvessem choupanas, palhoças e barracões. Isso alegrou-o muito porque podia aumentar os impostos.

Observou ainda o governador do país que, nos arredores, nas freguesias distantes, não havia cafezais, como acontecia nas circunvizinhanças da sua terra natal.

Não gostou muito da coisa, pois lhe parecia que em toda parte devia haver fazendas de café e engenhos de açúcar. Fatalidade da imagem que se grava na infância...

Depois de ter visitado o seu governo, deu em visitar sociedades sábias. Foi até aos arquivos especiais que eram dirigidos por um funcionário competente, zeloso e conhecedor do ofício como poucos.

Logo este funcionário quis mostrar à alta autoridade os papéis mais curiosos que havia. Como o alcaide-mor era especialista em coisas de eleições, o chefe dos Arquivos disse:

– Quer V. Excia. ver as atas de eleições dos tempos coloniais?

– Como? Eleições nos tempos coloniais! O regime representativo só foi instituído depois da Independência...

– V. Excia. se esquece do Senado da Câmara.

– Senado da Câmara! Senado é uma coisa e Câmara é outra.

– V. Excia. há de me permitir...

---

4. Tipo de carruagem fechada, de duas rodas e um só assento, fechada por cortinas ou vidraça e puxada por dois cavalos.

5. Tipo de carruagem de quatro rodas e um só assento, com cortinas.

– Qual, doutor! Se o senhor tem esses papéis, deve mandá-los para o governo central. Vou falar ao seu chefe para mandar tudo isso para o Arquivo Geral da Nação. É a ele que compete guardar coisas do Senado e da Câmara. Mande-os quanto antes.

O funcionário caiu das nuvens e nada disse. Ainda rondou a suprema autoridade pela repartição, dado momento, perguntou, olhando uma vitrine:

– Que vara é aquela?

– É uma vara de almotacé!

– Isto não deve estar aqui.

– Por que, Excia.?

– Por quê? A igreja não está separada do Estado? Aquilo é negócio de padre, de procissão... Mande já tudo para o Cardeal.

Após tomar tão sábias medidas, o presidente saiu e continuou com as suas boas intenções a assinar os decretos que o esperavam sobre a sua mesa.

Careta, 8/5/1915.

Uma anedota

De um veemente discurso parlamentar e do ceticismo geral

Na legislatura passada, quando chegavam ao auge as proezas e violências do Dudu[1] e o seu amigo Pinheiro,[2] foi um dia anunciado que o sr. I. Machado[3] falaria. Os populares se moveram e, apesar das ameaças dos cacetes e navalhas dos secretas e capangas, encheram as galerias. O parlamentar tomou a palavra e, em breve, desandou uma formidável catilinária em ambos.

Disse dos dois o que Mafoma não dissera do toucinho.[4] "O sr. Pinheiro Machado," pronunciou o orador em certo ponto do seu discurso, "está habituado a governar alimárias[5] e pensa que o somos também. Nero, aquela crueldade, feito imperador de Roma, também se picava do bom cocheiro. A aproximação é eloquente... Não se compreende, sr. Presidente, que este povo brasileiro se deixe assim governar como uma parelha de caminhão; que consinta que os mais baixos temperamentos de sua raça subam ao poder e deem expansão às suas inclinações de magarefe,[6] de almocreve[7] e senhor de senzala".

Apesar dos capangas e dos cacetes, os populares das galerias desandaram em palmas entusiásticas.

O orador continuou: "Sr. Presidente, temos visto dominando povos a espada que vai a guerra, a astúcia que domou as feras ao tempo que o homem era fraco diante da força delas, a coragem, a inteligência, o saber, a beleza;

---

1. Referência (alegórica) a Hermes da Fonseca [vd. "Contos argelinos"].

2. Ref. ao senador Pinheiro Machado [vd. n. 1 da p. 127].

3. Irineu Machado (1872 – ?), advogado e político, senador de 1917 a 1924 e de 1927 a 1930, e deputado federal de 1897 a 1916.

4. A expressão tem um significado metafórico com o sentido implícito de "rejeição, repúdio a algo ou alguém"; reporta-se ao líder religioso e político árabe Maomé (c. 570-632) e à religião islâmica: os textos mais antigos grafam o antropônimo (ou Mafamede, Mafomede, Mafomade, Mahamed, Mahoma) para designar Maomé.

5. Animal, esp. quadrúpede; besta de carga; no sentido figurado, pessoa estúpida.

6. Pessoa desonesta; velhaco.

7. Pessoa que conduz bestas de carga.

mas nunca se viu dominando, esmagando, comprimindo um povo, o laço do domador de potros associado ao pontaço do sangrador dos matadouros. Era preciso que..."

Houve palmas nas galerias e o presidente da Câmara, conforme tinha ameaçado anteriormente, mandou que os polícias evacuassem as arquibancadas.

O orador continuou e terminou o seu interessante discurso tão-somente para os seus pares, para os gordos funcionários da Câmara, sem esquecer no meio destes os serventes e contínuos.

Desceu da tribuna e foi muito cumprimentado. Um dos deputados disse-lhe ao ouvido:

– Irineu, estiveste feroz com o Pinheiro. Não é do trato... Ele fica zangado...

– Ora! Dirás a ele que não se apoquente... Estamos nas vésperas da reeleição... É para uso externo.

– Assim mesmo, ele se aborrece.

– Qual! Eu já lhe tinha mandado dizer que hoje ia dobrar a parada... Ele já está prevenido.

Separaram-se e ainda vieram até à janela ver como os populares levavam pancada dos capangas, da polícia, a mais não poder.

Houve quem dissesse:

– Este povo é muito burro...

– Por quê? Porque leva pancada?

– Não; porque acredita no Irineu.

Careta, 29/5/1915.

A nova glória

Do "digno substituto" de uma eminência literária e política

Quando morreu o grande estadista Vicente, logo todos os espíritos do reino começaram a se preocupar com a pessoa que devia substituí-lo.

Vicente tinha feito grandes e meritórias obras de alcance incalculável e era justo que todos se esforçassem para encontrar um digno substituto para ele.

Damas da Corte, ministros, velhacos, doutores, agiotas, agricultores, todos tinham o seu candidato. Um queria o Jagodes porque era alto; outro queria o Zeca porque dançava bem; outro ainda desejava o Chico porque entendia de música; afinal foi achado o Maneco que teve por si o grande título de ser mais ou menos ruivo.

Todo o reino exultou com a escolha e ele foi encarado como substituto eficaz de Vicente.

Esse reino é vasto e pouco povoado. É dividido em várias satrápias que se guerreiam entre si. De onde em onde, uma delas se arma até aos dentes e parte em guerra contra a vizinha. As damas de uma e outra se vestem de branco, põem uma cruz vermelha ao peito e dispõem-se a ir curar os feridos. Chama-se isto patriotismo regional e ele é cultivado e cantado por literatos e poetas de fama. Muitos espíritos, porém, protestavam contra tal coisa e esperavam que Maneco resolvesse essa enfermidade do reino.

Maneco prometeu que iria tratar dos casos vitais da nacionalidade e havia de resolvê-los eficazmente.

Fez um discurso a respeito que foi impresso em papelão para ter mais volume, e intitulou-o *Problemas vitais.*

Todos gabaram a obra e ele entrou para todas as sociedades sábias da terra.

Neste ponto, ele já se parecia com Vicente. Restava o resto, isto é, a ação política.

Esperavam todos por ela, quando certo dia a *Gazeta do Reino* publicou o seu primeiro grande ato. Ele tinha nomeado embaixador do Reino junto a uma nação vizinha, por trinta dias, uma das notabilidades da nação.

Houve quem dissesse: este Maneco é o Vicente das nomeações; mas a gritaria dos jornais não permitiu que todos vissem a insignificância do ato.

E o homem continuou a ser encarado como perfeito substituto do falecido estadista.

Vieram os dias que se passaram, e nada de Maneco fazer qualquer coisa de novo.

Um dia, porém, os jornais anunciaram a seguinte grande obra do homem: Maneco vai viajar acompanhado de vários rapazes pelos países amigos.

Foi, voltou e continuou a ser um digno substituto do grande Vicente.

Careta, 26/6/1915.

Era preciso...

De uma sábia e apolínea candidatura

O seu medíocre desejo era subir, fosse como fosse; e entendia por isso fazer-se deputado embora não tivesse uma qualquer ideia política ou social a propor, tornar-se membro desta ou daquela sociedade sábia, embora não tivesse demonstrado de qualquer forma sabedoria.

Fora sempre esse o seu sonho, a sua ânsia, ânsia semelhante à daquele que quer ter fortuna sem ganhá-la no comércio ou na indústria ou mesmo na loteria.

Pensou em distinções marcadas, estabelecidas, carimbadas e fez-se doutor. Há um milhão de doutores de toda a sorte, dentistas, agrimensores, engenheiros, calistas, médicos, advogados e mesmo os da Escola Normal; ele, porém, feito doutor, já se julgou mais alguma coisa, por ter obtido tão corriqueira distinção.

Ainda assim não era bem subir, mas já era qualquer coisa.

Precisava mais e tratou de cercar-se de amigos para transformá-los em admiradores.

Quando, por intermédio destes, conseguia outros mais poderosos, abandonava aqueles e explicava assim o abandono:

– Não os posso suportar! São umas bestas! Eu, um sábio!

E os novos e os antigos convenciam-se cada vez mais de que o homem era mesmo um portento. Graças à complacência dos alfaiates, viu-se razoavelmente vestido, imaginou-se um Apolo de palmo e meio, e levava a gritar pelas esquinas:

– Eu sou um mármore de Praxiteles![1] Tenho todas as proporções das estátuas clássicas.

Os amigos ou aqueles que precisavam da sua estulta audácia, para arranjar qualquer coisa, ecoavam:

1. Praxiteles (c. 395-330 a.C.), um dos mais famosos escultores da Grécia Antiga.

– O Quitério é mesmo o Apolo de Belvedére![2] O seu corpo respeita o cânon escultural do V século da Helade[3] imortal! E o seu espírito... E os ritmos novos!

Mas não falavam na voz, pois os mármores não falam e ele era mesmo de mármore, sem ser esculturado.

Houve, porém, quem julgasse que o rapaz não era nenhum mármore grego do V ou IV século nem tampouco sábio, como afirmavam os seus amigos.

Ele, entretanto, continuava a fazer a sua *tapage,*[4] a não conceder mérito a ninguém, senão quando se tratava daqueles que tinham influência e poder.

A sua preocupação primordial era saber o que tal ou qual pessoa podia na vida, então o mármore se curvava reverente e submisso; e, se acontecia tratar mal a um cujo valor social não medira bem, logo passava ao extremo oposto sem transição.

Assim, vivendo deste para passar àquele, depois abandonar, se era conveniente, ia subindo, como é de costume dizer-se.

A subida, porém, não lhe pareceu vertiginosa e muito menos segura; e ele tratou de ver de que forma os outros se tinham firmado bem nas posições que adquiriram. Examinou as nossas assembleias e câmaras. X tinha matado a mulher; B armara uma emboscada nas eleições e matara dois; L tinha matado um rival animoso com auxílio de capangas; Z matara a tia; H respondia a júri por ter mandado assassinar um seu competidor eleitoral; etc., etc.

– Não há dúvida, pensou ele; eu devo matar, para ficar garantido.

Armou-se, e ao primeiro desafeto que encontrou, sem mais aquela, deu-lhe uns tiros que o prostraram sem vida. Hoje, está firme na vida e, de quando em quando, ao lembrar-se do incidente, diz: "Era preciso..."

Careta, 3/71915.

2. Famosa estátua de mármore, feita em 300 a.C., que simboliza a perfeição estética: mostra o deus grego Apolo derrotando a serpente Píton.

3. Denominação original da região depois conhecida como Grécia, habitada pelos helenos.

4. Do francês: gritaria, barulho, algazarra.

Faustino I

Dos ensinamentos políticos aprendidos num dicionário

Tendo à toa um dicionário biográfico, temos às vezes surpresas bem agradáveis e revelações inéditas.

Há dias folheando o velho *Dicionário dos Contemporâneos*, de Vaperau, encontrei a biografia de um curioso imperador do Haiti, Faustino I, mais conhecido por Suluque.

Não sei o que de atual descobri na sua vida que não me posso furtar ao desejo de comunicá-la aos leitores, em largos traços. Se a história se repete, as biografias dos seus grandes homens também. Vejam só.

Suluque era general de divisão em 1846, quando uma moléstia súbita prostrou sem vida o presidente da república haitiana, Riché. Dividiu-se a opinião entre dois candidatos; os generais Souffrau e Paul; e o Senado, a fim de sair-se do embaraço, escolheu um terceiro general, Suluque, escolha que ninguém esperava.

Cheio de medo, o futuro Faustino I tomou as rédeas do governo.

Tímido em excesso, seguro de sua ignorância, foi no começo dócil aos bons conselhos; mas bem depressa as suas superstições africanas e falta de cultura se mostraram patentemente nos seus atos.

Tornou-se, por isso, objeto de risada para as pessoas esclarecidas do país e um jornal, *Folha do Comércio*, tendo ido, por intermédio de um dos seus colaboradores, mais longe na crítica, foi sequestrado e o autor do artigo, Courtois, apesar de senador, condenado à morte.

Daí em diante, Suluque não viu por toda a parte senão conspiração e, em certo dia, fez tocar alarme e proceder à matança indistinta de todos aqueles que ele julgava seus inimigos.

Seguido de sua guarda, dias depois, foi para o interior da ilha e continuou o Saint-Barthelemy.

Voltou triunfalmente à Capital e uma *súplica humilde* do povo às Câmaras fez com que estas o aclamassem imperador.

Suluque tomou o nome de Faustino I, instituiu uma família imperial, criou uma nobreza e atribuiu-se uma lista civil de 800.000 francos, cerca de um sétimo da renda total do país.

No ano seguinte, fuzilou sem dó nem piedade os mais proeminentes membros do partido que o elevara à dignidade imperial.

Teve azedas questões com os grandes dignitários de sua Corte, entre os quais Bobo, príncipe e ex-forçado.

Durante toda essa sangrenta palhaçada, Faustino não cuidou de um só melhoramento público, deixou arruinarem-se os que havia, foi derrotado pela república vizinha de São Domingos, e empregou os soldados do seu exército na exploração de suas plantações de café e cana-de-açúcar. Tratava de matar e fingir de imperador.

Não podendo o Haiti rir-se dele, porque Faustino cortava cabeças sem dó nem piedade, a Europa riu-se a valer desse soberano durante anos. Destronado em 1859, morreu em 1867.

É bem bom ler-se a esmo um dicionário biográfico...

Careta, 3/7/1915.

O rico mendigo

De uma fábula histórico-econômico-política

Não sei como vos conte a coisa. A história passou-se em sonho, creio eu.

Sonhei uma noite destas que tinha encontrado na rua um senhor cheio de brilhantes, cheio de roupas, bengala de castão de ouro, botinas das mais finas, que me estendeu a mão:

– Uma esmola, pelo amor de Deus!

Admirei-me de tal fato, espantei-me e lhe dei a esmola. Ia seguir o meu caminho, quando o mendigo bem vestido me chamou e disse-me:

– Venha cá, por favor.

Voltei e ele me convidou a ir a uma confeitaria. Houve da minha parte novo espanto. Como é que o homem me pedia uma esmola, a mim, de recursos reduzidos, cheio de "encrencas" na vida, e, minutos após, convidava-me a beber em uma confeitaria. Fui ao bar mais próximo e ele, sem mais delongas, explicou-se:

– Deve o senhor admirar-se de que eu, bem vestido, com joias, com bengala de luxo, com um Patek no bolso, lhe tivesse pedido uma esmola. Eu lhe explico.

Fez uma pausa, sorvemos alguns goles de cerveja e continuou:

– Sou rico e digo isto a todo o mundo. Moro em uma grande casa, tenho lindos e caros móveis, tenho alfaias, tenho carros, tenho numerosa criadagem, tenho um banheiro que é uma verdadeira terma romana e custeio tudo isto sem o menor esforço; mas peço esmolas.

– Por quê?

– Porque quero ganhar mais e mais. Peço até aos meus irmãos mais pobres, mesmo àqueles que vivem com dificuldades. Quero sempre ter mais, ganhar mais, para proclamar a todos a minha riqueza; e as esmolas me servem para as despesas miúdas. Às vezes até elas me proporcionam especulações felizes.

– Mas quem é o senhor?

– Não sabe? Eu sou o Café.

Careta, 24/7/1915.

Projeto de lei

De uma receita político-agrária para o equilíbrio orçamentário nacional

Um belo dia, na Câmara dos Deputados de certo país, um dos seus augustos e digníssimos representantes ergueu-se e pediu a palavra:

"Meus senhores. A pátria está em perigo; o Tesouro está exausto; os recursos da Nação estão esgotados.

Urge que tomemos providências, a fim de evitar a bancarrota. O que mais pesa no nosso orçamento são os funcionários públicos. É preciso acabar com essa chaga que corrói o organismo do país. Eles podem muito bem ir plantar batatas. Se ainda não fiz o mesmo, como aquele general romano chamado Cincinato, é porque não arranjei algumas centenas de contos, para comprar uma fazenda rendosa, onde eu pegasse a uma enxada e fosse agricultor.

Mas não há funcionário público por aí que não o possa fazer. É-lhes fácil obter isso, como me é difícil, porquanto eu tenho relações com os banqueiros e eles não tem. Devemos tirar da agricultura a base da nossa vida; é o que eu sempre aconselho aos outros, a todos, principalmente àqueles que me pedem empregos.

Dizem que árdua é a vida, mas isso é quando se trata de pequenos agricultores, para os quais não peço auxílio algum. Sou pelos grandes latifúndios, pelas vastas propriedades, que podem sustentar grandes famílias na opulência.

Sendo assim, tenho a honra de apresentar à consideração dos meus pares o seguinte projeto de lei:

Art. 1º – É o governo autorizado a emprestar aos bancos acreditados até à quantia de 200 mil contos, para auxiliar os cultivadores de tâmaras.

Art. 2º – Revogam-se as disposições em contrário."

O deputado sentou-se e foi muito cumprimentado.

O projeto passou, o dinheiro foi emprestado aos bancos, que, no prazo marcado, pagaram ao Estado em títulos do próprio Estado, comprados na praça com abatimento de vinte por cento.

Ainda hoje, o deputado se gaba de ter protegido o cultivo das tâmaras no país, que ele estima e venera.

Careta, 4/9/1915.

Firmeza política

De harmonizações partidárias e da inconfiabilidade política

Bastos, professor de Anófeles, é, como toda a gente sabe, de uma firmeza política a toda a prova.

Tem dado disso as mais bastas provas que correm mundo e estão na boca de todos.

Uma delas foi a que se conta aqui. O pastor presbiteriano Alpido era senador e chefe supremo da política da província dos Cocos. Como tal, Alpido gozava da estima de Bastos, prestando aquele a este todo o apoio.

Veio, porém, a presidência de Bastos e o dr. Melro, amigo do presidente, tantas fez que se meteu na política dos Cocos.

No começo, Melro e Alpido se harmonizaram, mas bem depressa se desavieram por questão da apresentação de novos deputados.

Alpido queria Bernardo, Chico e Juca; Melro queria Alfredo, Mané e Totó.

Não houve meio de harmonizá-los e Alpido correu a implorar o poder excepcional de Bastos:

– Não tenha medo, reverendo. O Melro não arranja nada. Você continua na chefia dos Cocos.

O pastor presbiteriano ficou contente e foi para a casa, disse missa no seu templo; mas... veio a saber que Melro partia em guerra para o estado. Que fez? Tratou também de ir.

Bastos soube e disse:

– Não vá. Preciso que fique para você oficiar por ocasião de um parente meu. Fique você certo que não acontece nada.

O pastor não foi e ficou quieto cá na grande cidade, confiante nas palavras de Bastos.

O doutor Melro chegou a Cocos, levou tudo de vencida, fez quantos deputados quis e deixou o pastor a ver navios.

O mais engraçado, porém, é que Alpido não brigou com Bastos. Ficaram até mais amigos.

Careta, 11/9/1915.

Cincinato, o romano

Da história romana e sua versão na política brasileira

Todos os compêndios de história romana não se fartam de gabar as virtudes e a austeridade de vida desse famoso ditador.[1]

Contam mesmo que, em uma das duas vezes em que foi escolhido pelo povo para ditador, os eleitores o encontraram arando ele próprio o seu campo.

Washington,[2] que o imitava muito, chegou a criar uma ordem com o nome do ditador romano, para galardoar os altos serviços que os oficiais e praças do Exército da Independência dos Estados Unidos prestassem à causa que defendiam.

Cincinato foi ditador pelo V século antes de Jesus, portanto há cerca de 25 séculos que essa sua fama dura.

Um sábio alemão, porém, acaba de destruí-la por completo. O sr. Karl von Bielgler, professor da Universidade de Bonn, baseado em documentos descobertos da Dácia (Romênia), como sejam inscrições e mesmo fragmentos de manuscritos, fixou definitivamente a fisionomia de Cincinato.

Começa o professor von Bielgler por estabelecer, com as mais sólidas provas, que o ditador nunca pegou na rabiça de um arado. Essa tradição vem, diz ele, de falar sempre o poderoso patrício romano, quer no Senado, quer em outros comícios, em causas de agricultura.

Aconselhava sempre a todos que se dedicassem a ela, levava para o Senado a miniatura de uma charrua,[3] que punha a seus pés, quando se sentava na curul. Além, como se sabe, os senadores romanos tinham o dever de ter seus clientes. Eram destes patronos e distribuíam todas as manhãs de dez

1. Lúcio Quíncio Cincinato (519-439 a.C.), general, cônsul e por um certo período, ditador romano, por determinação de Senado, convocado de sua vida pastoril.

2. George Washington (1732-1799), general e político norte-americano, o primeiro presidente do país, de 1789 a 1797.

3. Instrumento agrícola, de tração animal ou mecânica, para revolver e afofar a terra.

sertécios[4] – a espórtula[5] – o que equivale, mais ou menos, na nossa moeda, a 1$600.

Juvenal, que foi um grande satírico, viveu durante muito tempo da espórtula e descreve como se a recebia, com amargor extraordinário.

Cincinato, sendo senador, tinha que atender a esse curioso costume e aborrecia-se muito por isso, quando recebia os seus clientes gritava:

– Plantem couves! Dediquem-se à agricultura!

Por essas e outras é que ele passou como sendo um amador da agricultura, mas de fato pouco pisava nas suas terras, deixando-as entregues aos escravos e libertos.

O dr. Karl von Bielgler diz que a tal lenda de terem os eleitores, quando o foram chamar para ditador encontrado a arar em pessoa o seu campo, bem pode ter sido um ardil dele para impressionar a plebe romana.

O que é certo é que ele gostava muito de fazer o Senado votar subvenções aos federados e tudo faz crer que já naquela data, ele tinha ideias de banco e especulações bancárias, pois há disso bastas provas nos documentos descobertos.

É em resumo o que nos conta o professor de Bonn, na acreditada revista alemã *Universum*, no artigo que tem o título simples de "Cincinatus".

Careta, 18/9/1915.

4. Moeda em uso na antiga Roma.

5. Cesta usada na Roma antiga para distribuir entre o povo gêneros ou dinheiro a mando do imperador ou dos nobres.

O ideal

Da ironia com a literatura e ojeriza ao futebol

Assim que Irene soube que a sua amiga Inês se havia casado, imaginou logo que o tivesse feito com um grande poeta, uma jovem notabilidade.

Irene estava em Paris há muitos anos e raramente se correspondia com sua amiga, de forma que não podia fazer um juízo certo de quem fosse o marido de Inês.

Entretanto, sabia aquela das ideias de casamento de sua antiga colega.

No colégio em que ambas cursaram, quando tratavam desse assunto palpitante para o coração das moças – o casamento – era hábito de Inês dizer à amiga:

– Eu me hei de casar com um grande poeta.

Ao que a amiga respondia:

– Esta gente não serve para marido; são estroinas, volúveis...

– Qual! Nem todos... E mesmo que assim seja, eu quero que o meu nome corra mundo junto ao nome do meu marido...

Moça feita, Inês sempre se interessou por essas coisas de letras e seguia todos os poetas que surgiam, com vagar, ardor e uma ingênua admiração.

Conferência deste ou daquele não era anunciada que lá não estivesse; aos salões da literatura elegante e decorativa, estava sempre presente.

Muitos esperaram dela uma literata e houve um ironista que a crismou mesmo de próxima futura poetisa ou... romancista.

Tudo isto fez ver à sua amiga Irene que ela se houvesse casado com um jovem poeta de grande talento.

Aconteceu que o marido desta última, com medo dos azares da guerra, deixasse a sua residência em Paris e viesse para o Rio.

Logo que as duas se avistaram, Irene imediatamente perguntou pressurosa:
– Já vi que o teu marido é um grande poeta.
– Não; é campeão do *foot-ball.*[1]

Careta, 2/10/1915.

1. O conhecido repúdio de Lima Barreto ao futebol, visto por ele como elemento elitista, segregacionista, incitador de violência e corrupção, instrumento da pseudomodernização preconizada pela República (e por literatos como Coelho Neto, com quem e em torno do futebol manteve célebre antagonismo) – vd. ROSSO, 2006.

A fraude eleitoral

De uma fábula sobre desencantos parlamentares e confabulações políticas

Desde muito que várias personalidades da República, próceres de vários partidos e facções que se propunham salvar a pátria, mediante medidas inócuas, ou simplórios cortes sistemáticos na arraia miúda; desde muito, dizíamos, que várias personalidades se reuniam para resolver o problema da verdade eleitoral.

A comissão, como fazia há seis anos, se congregou naquela tarde para apresentar ideias tendentes a obter da exata manifestação das urnas a legítima representação nacional.

O senador Brederodes apresentou as suas ideias, o seu colega Marcondes as suas opiniões; Machado Malagueta aventou alguma coisa; enfim toda a comissão trabalhou a valer e os alvitres mais sutis, mais severos, mais saudáveis, foram sugeridos para que a fraude fosse evitada nas eleições federais.

Despediram-se amáveis, sorridentes. E, ao famoso secretário da Comissão, o oficial da Secretaria do Senado, Raide, pareceu que, daquela confabulação, ia sair obra de grande valia e alcance.

O seu desgosto, ao supor isto, era de não poder ele também assinar o projeto. Seria a imortalidade...

Brederodes, que era econômico, desceu a pé até às ruas centrais.

Atravessou o Campo de Sant'Ana[1] apreensivo.

Chegou à chapelaria Watson e encontrou logo o seu adepto Fulgêncio, deputado desconhecido.

Falou-lhe este com todo o respeito devido ao chefe supremo do seu partido.

– Como vai Vossa Excelência?

– Não estou bom hoje, Fulgêncio.

– Por quê?

– Aborreci-me no Senado, na reunião da Comissão.

---

1. Parque situado no centro da cidade do Rio de Janeiro, na hoje denominada praça da República.

– Que houve?

– Escuta aqui.

E trouxe o seu assecla para um canto.

– Aquele canalha do Malagueta parece que anda de mãos dadas com o Dourado e os meus adversários no estado.

– Por quê?

– Não é que ele propôs que, na reforma eleitoral a fazer-se, não houvesse voto cumulativo? Estou derrotado....

Enquanto isso se passava, Malagueta, que viera de bonde, já se havia encontrado com a mulher e as filhas em uma confeitaria. Uma destas lhe disse:

– Papai parece que está contrariado.

– Pudera!

– Que houve, Chico? – perguntou-lhe a mulher.

– O tratante do Marcondes propôs na Comissão que só houvesse um deputado por distrito e que estes fossem equivalentes ao número de deputados que cada estado dá.

– Que tem?

– Que tem? É que não faço nem quatro lá na nossa terra...

Marcondes não ouviu certamente o tratamento que lhe deu o seu amável colega, mesmo porque ele tinha corrido do Senado para a casa de uma adorável criatura, a Manon, francesa nascida nos arredores de Varsóvia.

– Marcondes não está bom hoje – disse-lhe esta.

– É verdade. O patife do Brederodes propôs medidas que acabam com as atas falsas nas eleições.

– Que tem isso?

– É que, se eu assinar o projeto, o Juca, o chefão, não me reelege.

O projeto, como era de esperar, não foi apresentado ao plenário e a comissão ainda estuda os meios eficazes de acabar com a fraude eleitoral.

Careta, 30/10/1915.

As teorias do dr. Carurú

Da exultação de um cientista-literato pelo mórbido e pelo ridículo[1]

O sábio dr. Carurú da Fonseca despertou naquele dia com o humor igual com que despertava em todos os outros. Mme. Carurú ainda ficou na cama, muito certa de que a Inácia daria o café ao seu ilustre marido. Era este uma sumidade em matéria de psiquiatria, criminologia, medicina legal e outras coisas divertidas.

Tinha, na nossa democracia, por ser sumidade e doutor, direito a exercer quatro empregos.

Era lente da Escola de Medicina, era Chefe do Gabinete Médico da Polícia, era Sub-diretor do Manicômio Nacional e também Inspetor da Higiene Pública.

Carurú tinha mesmo publicado várias obras, entre as quais se destacava *Os caracteres somáticos da degenerescência*, livro que fora muito gabado pelo estilo saborosamente clássico. Um crítico disse:

"O milagre que, no seu livro, conseguiu o dr. Carurú obter, foi exprimir ideias e concepções modernas com a sã e enérgica linguagem dos quinhentistas e mesmo dos seus antecessores. Seguiu, portanto, André Chénier[2] que desejava fazer poesias modernas com versos antigos. Cito de memória. Não há como louvar, etc."

---

1. Este conto é um dos mais representativos da intransigente postura crítica de Lima ao cientificismo e à ciência positivista desde meados do século XIX predominante e enfaticamente assumida e incentivada pela República. Tendo como alvo a crença no progresso e na ciência, disseminada rapidamente pelos setores políticos e científicos da República, em artigos na imprensa e em especial em *Diário do hospício* e *Cemitério dos vivos*, elabora críticas vigorosas contra a ambiguidade do discurso médico que se colocava como soberano – não apenas na questão da loucura e do tratamento e cura dos loucos, como no trato de doenças de modo geral. Com base em sua experiência pessoal no hospício, questionou as muitas "verdades científicas" apresentadas pelo corpo médico, que eram resumidas a uma ação arbitrária e humilhante sobre os pacientes. Para Lima Barreto, o papel dos cientistas brasileiros muitas vezes resumia-se a importar teorias europeias como se fossem dogmas, sem reflexões consistentes sobre o seu real conteúdo.

2. Poeta francês (1762-1794), vítima da Revolução Francesa.

Carurú, como esperava a sua dorminhoca mulher, foi logo servido do café pela dedicada Inácia e não tardou que lhe viessem os jornais.

Leu o primeiro que lhe caiu sob os olhos e quase teve um ataque quando deu com um *controlava.*

– Que gente! – disse de si para si. – Estão a esbodegar esta maravilhosa língua.

Apanhou outro, desprezou a parte política e correu ao noticiário policial.

Deparou-se-lhe a seguinte notícia:

Ontem, ao atravessar à Avenida Central, foi acometido de um ataque o pintor Francisco Murga, morrendo repentinamente. Murga, que era ainda moço, pois contava pouco mais de trinta anos, estreou-se com grande brilho há uns dez anos passados, tendo obtido o prêmio de viagem e tudo fazia crer que ele continuaria a dar-nos obras primas, ou quase isso, como foi o seu primeiro quadro, "O Banzo". Entretanto, tendo se entregado à mais desordenada boemia, tal não fez, embora não deixasse sempre de produzir. Etc., etc.

O dr. Carurú exultou. Que caso! Devia ser um exemplar típico de dipsomaníaco, de degenerado superior, e ele, o doutor, como chefe do Gabinete da Polícia, ia ter o seu cadáver às ordens, para bem verificar as suas teorias mais ou menos à Lavater.[3] A diferença entre ele e estes dois últimos é que Carurú encontrava seguros indícios do caráter, da inteligência, etc., dos indivíduos em todas as partes do corpo.

O doutor pediu mais uma xícara de café e não se pôde conter:

– Gertrudes! – gritou para a mulher. Tenho hoje um caso excelente.

A mulher apareceu em trajes matinais e ele narrou toda a sua alegria.

Carurú vestiu-se e correu à Faculdade. Aos primeiros estudantes que lá apareceram, Carurú os convidou para irem ao necrotério verificar a certeza das asserções que fazia no seu célebre livro, escrito no estilo de Rui de Pina[4] e, por pouco, que não o era no da *Notícia de Partiçam.*

Foram estudantes de medicina, de farmácia, de dentista e até uma dama que estudava para parteira.

3. Pastor Johann Kaspar Lavater (1741-1801), filósofo, poeta e teólogo suíço.

4. Cronista e diplomata português (1440-1522).

Chegado que foi ao necrotério, o dr. Carurú armou-se de uma bateria de compassos graduados, de uma porção de réguas, de todo um arsenal de instrumentos de antropométrica e começou a preleção diante do cadáver:

– Meus senhores. Estamos certamente diante de um caso típico de degenerado...

A sua linguagem falada era diferente da escrita. Ele escrevia clássico ou pré-clássico, mas falava como qualquer um de nós.

– O indivíduo que está *qui*, bêbedo incorrigível, vagabundo, incapaz de afeições, de dedicações, vai demonstrar com as injeções que lhe vou fazer, a verdade das minhas teorias. Vejamos os pés...

Carurú armou-se de uma das tais réguas, enquanto um servente chorava.

Aplicou-a aos pés do defunto e, pouco depois, exclamou triunfante:

– Vejam só! O pé direito mede quase mais um centímetro que o esquerdo. Não é o que eu dizia? É um degenerado! Essa assimetria dos pés...

O servente que chorava, interrompeu-o:

– Vossa Excelência só por causa dos pés do sr. Murga não pode dizer isto. Ele não nasceu assim.

– Como foi então?

– Fui seu amigo e devo-lhe muitos favores. Eu conto a Vossa Excelência... Seu Murga teve um tumor no pé direito e foi obrigado a andar com chinelo num pé, durante cerca de dois meses, enquanto o esquerdo estava calçado. Naturalmente aquele aumentou enquanto o outro ficava parado. Foi por isso.

Careta, 30/10/1915.

O congraçamento

De nepotismos parlamentares, burocratomania e conchavos partidários

A cidade de L. era uma cidade muito pobre que vivia sempre a pedir dinheiro emprestado, usando de expedientes dignos dos mais célebres "facadistas" de rua.

Dinheiro depositado nos cofres, era dinheiro sumido e ninguém sabia para onde ele ia.

Entretanto, para servir aos interesses do chefe político Leitão, a sua municipalidade possuía um exército de funcionários e até os seus vereadores eram pagos regiamente.

Justificava-se esse pagamento pela carência absoluta de homens ricos que quisessem ocupar os lugares de edis, de modo que só os pobres concorriam a eles e precisavam do subsídio para manter-se.

Como esses pobres tivessem muitos parentes, naturalmente também pobres, os vereadores tinham necessidade de colocar os filhos, sobrinhos, primos, netos, genros etc.

Para isso, não encontravam outro caminho senão criar lugares na secretaria do Conselho e o faziam com abundância e tenacidade.

A cada Conselho novo correspondia nova reforma na Secretaria e a criação de mais meia dúzia de oficiais, amanuenses, redatores de debates, taquígrafos, etc., e de tal forma que a Câmara Municipal de L. veio a ter mais empregados na sua secretaria que o Senado e a Câmara Federais nas deles.

Lembrem-se bem de que esses dois últimos corpos legislativos não são parcimoniosos em tal assunto, embora estejam sempre dispostos a censurar a burocratomania do Executivo e do Judiciário.

Não havia, portanto, Câmara Municipal mais homogênea e unânime, conquanto seja da essência das assembleias a heterogeneidade de opiniões dos seus membros.

As suas sessões eram marcadas, regradas, como cenas de opereta e traziam o ensaiador, o contrarregra e outros úteis auxiliares de peças de teatro.

Aconteceu um dia que o chefe dos chefes políticos do país, uma espécie do falecido General Pinheiro Machado, veio a falecer e Leitão perdeu consequentemente todo o prestígio, pois não tinha outro senão aquele que lhe emprestava o tal chefe dos chefes.

Logo que tal fato se deu, os fabricantes de delegados do povo se insubordinaram e os vereadores de L. começaram a palpitar qual deles seria o mais poderoso. Um tratou de agradar Cunegundes; outro namorou Bernardino; um outro requestou Bertoldo; e todos brigaram entre si.

O fato é que as sessões que eram até aí harmoniosas como as representações de óperas, passaram a ser um *charivari* de todos os diabos.

Houve bate-bocas terríveis e descomposturas de mercado. Toda a gente imaginou que o diabo tinha entrado no corpo daquela gente, mas logo se soube a explicação natural da profunda desavença que surgiu entre os vereadores de L.

Aproximava-se a terminação da sessão ordinária e cada um dos edis desejava a prorrogação em extraordinária, para poderem vencer o respectivo subsídio.

Estavam todos brigados e houve temor de que o respectivo projeto não fosse aprovado.

Um mais ousado, porém, apresentou-o e, ao contrário da expectativa, a coisa passou por unanimidade.

Estava feito o congraçamento dos partidos.

Careta, 18/12/1915.

Nós! Hein?

Da apropriação do intelectual na burocracia e na política

Quando eu fui amanuense da Secretaria de... – contava-me um amigo – certa vez aconteceu-me um fato bem interessante. Era tido eu como empregado vagabundo, relapso e, como particular, poeta e boêmio, de modo que eles me preteriam em toda a vaga de promoção que se viesse a dar.[1] No começo, exasperei-me; mas, no fim, conformei-me, e fiquei ainda mais relapso e vagabundo. O diretor era o conselheiro Flores Teles que vinha do tempo do Império: e também era, talvez, o funcionário público mais antigo da República. Não tinha faltas, nem licenças; era pé de boi. Entrava às dez e saía às três. Quando ele fazia anos, havia zumbaias[2] na Secretaria: quando completava 45 anos de serviço – bumba! – festanças, discursos; quando era aniversário de sua entrada na Secretaria, festas; de modo que ele andava no noticiário dos jornais, durante o ano inteiro, e toda a gente pensava cá fora que fosse mesmo uma sumidade. Concorri várias vezes para a sua glória, pois mais de uma vez fiz-lhe discursos por ocasião dos seus variados aniversários; mas isso não impediu que....

– Engrossava? – perguntei eu.

– Talvez – respondeu-me o camarada, – mas não a ele, certamente a meu chefe de secção que era meu amigo: escondia-me as faltas. Um belo dia, o Conselheiro que parecia não querer morrer, adoece e morre. Eu tinha deixado de ir à repartição, durante os primeiros dias de sua moléstia porque sabia que não me seria descontado nada; mas cansando-me de vadiar, certa manhã cismei e fui. Despertei muito tarde e só tive tempo de lavar o rosto, mudar o colarinho e ir para lá. Entrei e, logo que penetrei nas secções, tive a impressão de que havia alguma coisa de anormal. Grupos de empregados cochichavam; outros estavam de luto fechado; o substituto do Diretor, quando entrou, veio envolvido numa respeitável sobrecasaca e deu-nos bons

1. Evidente referência ao próprio Lima Barreto, em sua vida real.
2. Saudação espalhafatosa.

dias com uma cartola imprevista, na sua habitual modéstia. Soube afinal que tinha morrido o Conselheiro e todos faziam roda em torno do seu imediato, lembrando providências: carros, coroas, comissão, etc. Um lembrou: é preciso escrever alguma coisa no livro do ponto. É verdade, acudiram todos. Quem escreve? Lembraram o dr. Aldovrando, bacharel tido como pessoa competente da redação de mensagens e outras difíceis peças oficiais; o dr. Aldovrando, porém, escusou-se, porquanto tinha muito serviço. Lembraram em seguida o dr. Samuel Ponte, cirurgião dentista, que acabara o seu curso de medicina. Como o dr. Aldovrando, o dr. Samuel escusou-se porque não era dado a essas tolices e futilidades de literatura. Ele só cuidava de ciência e até hoje eu estou à espera dos seus trabalhos a tal respeito. Foi quando alguém se lembrou de mim, cuja disposição para isso era nenhuma. Acedi, sentei-me a uma mesa e redigi o rascunho. Reli, emendei e vi que a coisa não estava má.

– Como era?

– Não posso me recordar aqui, mas tenho a coisa num retalho do *Diário do Congresso*.

– Aí?

– É verdade. Explico-me. No dia seguinte ao do enterro, o senador P. solicitou da sua câmara a inserção de um voto de pesar pela morte do Conselheiro, fazendo dele, senador, as palavras do substituto de Flores Teles, na Secretaria de...

– Eram as de você, não?

– Eram.

– Engraçado!

– Você vai ouvir o resto.

– Ainda há?

– Há. Quando fui assinar o ponto, no dia seguinte, encontrei-me logo com o substituto de Flores Teles que foi logo gritando para mim: viste T., como nós fizemos figura no Senado. Nós! hein? Demos a letra!

– Que disse você?

– Eu?... Nada.

Careta, 13/9/1919.

Um debate acadêmico

Da definição de um vocábulo exótico e um diálogo 'intelectual'

No cenotáfio[1] acadêmico se haviam reunido vários conspícuos imortais, para tratar do termo *manicofa*[2] – usado pelo baixo povo do país.

O estudo tinha sido dividido, de acordo com a pergunta do acadêmico Kalendal Patagão, em duas partes:

a) a origem do vocábulo;

b) a sua significação;

c) autores de valor que o tivessem empregado.

A primeira parte do estudo já tinha sido iniciada, mas as opiniões divergiam.

O acadêmico Frânio Julius (descendente de Júlio Cesar) era de opinião que *manicofa* vinha do idioma inca. Ele não sabia nada de inca, como, talvez, ninguém; mas, com auxílio da Medicina Legal, afirmava peremptoriamente que a palavra se originava do idioma falado pelos antigos habitantes do Peru.

A isso, com considerações tiradas do Jornini, na Arte Militar, o general von Bambuh era de parecer que a palavra vinha do idioma Muysca...

Estavam as coisas nesse pé, quando, naquele dia, os acadêmicos se reuniram no Cenotáfio, para ouvir o sapiente relatório do acadêmico Ghama, homem de altas luzes e grandes posições, que opinava ser o vocábulo originário do idioma polinésio.

Como os dois seus colegas anteriores, ele ignorava esse idioma mas tinha grandes argumentos tirados das portentosas obras da baronesa de Staffe.[3]

Foi aberta a sessão.

O Presidente anunciou a ordem do dia. Nisto o acadêmico Pedroca pede a palavra pela ordem:

---

1. Por definição vernacular: sepulcro vazio ou monumento fúnebre em homenagem a uma pessoa, cujo corpo não foi encontrado ou localizado – aqui com claro sentido satírico por parte de Lima Barreto com relação a uma entidade que reúne literatos.

2. Termo não dicionarizado.

3. Blanche Staffe, escritora e 'socialite' francesa do início do século XX, autora de *La Femme dans la Famille,* 1913 [A mulher na família].

– Sr. Presidente, eu não recebo mais dinheiro. O Halves não nos deixou a cobreira para que nos locupletemos com ela, pois...

Carlito – V. Exa. só agora é que viu isto?

Pedroca – Um testamento é coisa mais difícil de decifrar que a Pedra de Rosetta.[4] Já os célebres juristas Artaxerxes, Anaxagoras, Phryné diziam...

Carlito – Deixa disso, meu Pedroca! Você deve receber mesmo a pelega. Você quer bancar o Limak? Deixa disso, meu Pedroca! Receba a pelega[5] que não faz mal!

Pedroca – Carlito, você sabe que não morro de amores pelo Limack. Ele está por aí nos ridicularizando e atacando que nem um poeta de botequim... Não quero a pelega de cem!

Carlito – Acho que você podia fazer uma coisa: Instituir um prêmio com o produto das pelegas, em um ano de sessões.

Um Acadêmico – É o mesmo que receber...

Pedroca – Talvez... mas... Vou seguir o conselho do Carlito. Não recebo, mas instituo o prêmio. Está acabado.

Um Acadêmico – (*em voz baixa dirigindo-se a outros*) *Avec le Ciel...*

E a sessão foi suspensa, sendo adiada a discussão do plebismo[6] *manicofa,* para quando se anunciar.

Careta, 25/10/1919.

---

4. Bloco de granito negro em que se inscrevia um mesmo texto em egípcio demótico, grego e em hieróglifos egípcios: a pedra serviu de verdadeira chave para a compreensão da civilização egípcia e de parte da história da Antiguidade.
5. Antiga denominação, de cunho popular, no Brasil, para papel moeda, nota de dinheiro.
6. Neologismo de Lima em referência a estado, condição, modos de plebeu: hoje, dicionarizada como plebeísmo.

Coisas parlamentares

De um discurso fora do tempo de especialista em 'militança'

O projeto legisla para um posto, que se esqueceu de criar – o de subtenente. Na hierarquia militar ele é desconhecido.
(Do Jornal de 16)

Quando se anunciou que o deputado Floduardo ia assumir a tribuna, para apresentar um projeto regulando as promoções no Exército, toda a Câmara estremeceu.

Militar demissionário lido em tratadistas de coisas de militança, pontificando sobre a Arte da Guerra com os termos próprios e técnica, falando em balística e artilharia como ninguém, não havia quem não se embasbacasse, ao dogmatizar ele sobre plano de fogo, ângulo de sítio, fogo de enfiada, de barragem, marchas de flanco, alvo móvel e fixo, etc., etc.

Trepou na tribuna arrogante e seguro de si. Começou fazendo um exórdio sobre a função das Forças Armadas nas sociedades modernas, sobre o papel das nossas, na história nacional: e, afinal, disse que a alma dos exércitos é a hierarquia, e esta só pode ser eficaz com uma boa lei de promoções. Entrou então no assunto:

– Sr. Presidente: até hoje tem sido uma injustiça a passagem do primeiro posto para o segundo. Há decuriões que levam vinte e mais anos nesse posto, enquanto outros, em menos de cinco, estão centuriões. Sendo assim, há de se refletir tão grave irregularidade na constituição da coorte, pois, como se sabe é esta constituída de três manípulas, formadas de duas centúrias. Se os comandantes destas não tiverem a confiança dos seus subalternos, porque os perseguiram, preterindo-os, todo o edifício militar, não já da coorte, mas da própria legião ficará abalado. Os legados e os tribunos nada poderão fazer para corrigir um tal estado de coisas. Penso que se deve considerar isso bem, porquanto os *fabri*...

Um sr. Deputado – V. Exa. para que Exército está legislando?

O Orador – Para o nacional, naturalmente.

Um sr. Deputado – Onde é que V. Exa. viu *fabri*, tribunas, no nosso Exército?

O sr. Presidente – Peço toda a atenção. Quem está com a palavra é o deputado Floduardo.

O Orador – Como ia dizendo: porquanto os *fabri* e os vexilários...

Um sr. Deputado – Isto é o exército de Roma Antiga!

Toda a Câmara ri-se e riem-se as galerias, os taquígrafos e das outras divisões do edifício chega gente para rir-se.

O deputado Floduardo não se escandaliza com a tempestade de riso que provocara. Logo que ela cessou, desce da tribuna e confidencia a um amigo:

– Li a coisa num livro; mas esqueci-me de adaptar, a ponto de não me lembrar de que não temos mais centuriões, etc. Para outra vez, faço coisa mais limpa...

E acabou assim o incidente parlamentar. *Tout est bien...*

Careta, 25/10/1919.

O destino do Chaves

De um vaticínio perfeito de carreira política

Trouxe Chaves, quando nasceu, o nome de Felismino. Seus padrinhos, a pedido dos pais, conservaram-lhe o nome do Santo do dia do seu nascimento; mas acrescentaram a este, o de Felicíssimo. Veio a chamar-se, portanto, Felismino Felicíssimo Chaves da Costa.

Antes do batismo, sua mãe, senhora duplamente crente, tanto na Igreja Católica como nas práticas de adivinhação e feitiçaria, mandou chamar algumas pessoas conspícuas e entendidas nestas últimas misteriosas coisas e pediu-lhes que dissessem o futuro da criança. A mãe de Chaves ainda estava de resguardo; e as "fadas" locais disseram a "buena-dicha" do pequeno.

Falou em primeiro lugar a Victoria, uma velha indiática, originária da raça extinta dos caetés, aqueles indígenas sacrílegos que, logo nos primórdios da colonização do Brasil, não trepidaram em cremar as carnes sagradas do primeiro bispo do nosso país, dom Pero Fernandes Sardinha.

A velha cabocla falou em primeiro lugar e com brevidade:

– Yayá, ele vai longe; vai ser grande coisa.

Disse isto, após ter feito algumas gatimonhas, caretas e cuspinhar nos quatro cantos do aposento, que ainda recendia a alfazema.

Seguiu-se à velha índia, a não menos velha Maria Ângela, uma preta de raça catrinda, rainha do terreiro e respeitada por toda aquela redondeza pelo poder de seus bruxedos e feitiços.

Era aparecer alguém com moléstia tenaz, queixar-se de atrasos de vida ou desgraças domésticas, todos aconselhavam *a una voce*:

– Isto, d. Dadá – por exemplo: – é "uma coisa feita". Não há que ver! Porque a senhora não procura a "tia" Maria Ângela, para "cortar"?

Sendo assim famosa e respeitada, indo ler o horóscopo do infante Felismino, esperava ser a primeira ouvida. Não o foi, porém; e agastou-se. Contudo, não deixou trair o seu despeito.

Quando chegou a sua vez de deitar o vaticínio, preliminarmente fez uns passos de jongo, em melopeia horrível e profética:

– Sim, menino, meu anjinho: "vancê" será grande coisa... Mamãe é bem boa... Eu não "corta"... Mas "vancê" não será feliz naquilo que "vancê" e os seus "quisé".

A mãe não se conteve e perguntou:

– Em que será então?

A velha negra não teve tempo de responder.

"Pai" Luís, um velho preto congo, também entendido nessas coisas transcendentes de adivinhar o futuro dos outros, e que viera prognosticar a vida a vir de Felismino, apressou-se, um tanto amuado, em afirmar:

– Eu não "gunguria ningror;" não "qué botá biongo" nem "Mangá"; mas eu "diz" que criança "sê macota" no que "ele" não "sabe".

Chaves fez-se rapazola e foi matriculado na Escola Militar do Ceará, porque em criança andava de chapéu armado, feito com jornal, tendo uma espada de bambu na cinta e corria pela chácara paterna, montado num cabo de vassoura. Era um bom augúrio para uma bela carreira militar...

Não acabou o curso e foi desligado por falta de pontos.

Terminou, mal ou bem, aos tombos, os preparatórios, e foi mandado estudar medicina, na Bahia. Foi logo reprovado, em Botânica e Zoologia, no primeiro ano. Tomou então a resolução de estudar Direito. Formou-se afinal. Fez-se promotor, juiz, ganhou influência na comarca. Guindaram-no a deputado. Ele viveu, na Câmara Federal, calado e, por isso mesmo, logo foi feito senador pelo seu estado natal.

Veio a governar a República o imperador Pechisbeque. Um belo dia, sem saber como, Felismino Felicíssimo Chaves da Costa deitou-se senador e levantou-se da cama ministro de Estado dos Negócios da Marinha.

Todos os horóscopos dos feiticeiros de sua terra se haviam cumprido exatamente.

Careta, 15/12/1920.

Uma opinião de peso

Da inconveniência de mudanças na pauta de importações

Na sala familiar de sua vasta casa, mais cheia de bugigangas novas e esquisitas do que a Exposição da Arte Retrospectiva, o venerável estadista, senador Faltanho da Consideração, conversava com o seu amigo e discípulo Arantes Borromeu sobre os graves problemas políticos, econômicos e sociais da nossa terra.

Sua filha Brunehilda, sentada a uma cadeira de balanço, ouvia a conversa, ou melhor contemplava o bacharel Borromeu, cujo talento fora muito gabado na Academia, mas que adiava a sua estreia na Câmara, por motivos que ele claramente confessava.

– Você, Borromeu, por que não estreia na Câmara? Tem havido tantas questões interessantes... Você deve aproveitar.

Ao amigo que assim lhe falava, Arantes respondia:

– Estou ainda aprendendo.

– Como? Pois se você era o primeiro orador do seu tempo, na Faculdade? Como é isso?

– Aquilo era oratória de estudante. Na Câmara, preciso outro estilo... Estou perdendo o ranço de "acadêmico", por ora!

A senhorita Brunehilda, porém, sabia perfeitamente que são os deputados obscuros os que mantêm duradouramente o mandato e, muitas vezes, sobem, além do que se espera.

De resto, seu pai mandava no estado de...; e, sendo seu marido Borromeu, naturalmente ela seria durante toda a vida mulher de deputado, se não fosse de senador, de ministro e – quem sabe? – de Presidente da República.

Os dois políticos continuavam a conversar naquele vasto salão de uma vasta casa; e a moça ao lado, permanecia calada.

Borromeu observou:

– Uma das dificuldades para um bom governo nesta terra, é não haver um regular serviço de estatística. Não acha V. Excia.?

– É; não há dúvida! Era preciso que os dados fossem fornecidos com mais constância e fossem mais completos e variados... Nos Estados Unidos...

– Não é preciso ir aos Estados Unidos; São Paulo possui um belo serviço; e, se o Cincinato[1] brilha com os seus discursos de verdadeiro ministro do Fomento, ele o deve à perfeição de tal serviço.

– Concordo contigo, Borromeu; mas é preciso ver o campo de ação de um estado e o da União.

– V. Excia. tem razão. O Governo Federal, em face de qualquer estado, abrange um mundo.

– Há, entretanto, um serviço de estatística, mantido pela União, que é digno de elogios.

– Qual é?

– É o de Estatística Comercial. Conhecia?

– A repartição, de nome: mas, publicações dela não vi jamais uma, sequer.

– Pois tenho aqui, organizado por ela, um Boletim estatístico do comércio do Brasil com a França, durante os nove primeiros meses de 1920.

– Aumentou a nossa exportação? V. Exa. que leu...

– Ao contrário: diminuiu de 194 milhões de francos, em período idêntico de 1919.

– E a importação?

– Aumentou terrivelmente, principalmente em objetos de luxo. Nos nove primeiros meses do ano anterior havíamos comprado à França sedas no valor de cinco milhões; e, em igual período de 1920, a importação foi de fr.2 milhões.

– É incrível!

– Pois é verdade, meu caro filho. E joias, então?

– Devia, como já foi lembrado, ser proibida a importação desses artigos.

Até aí a filha do senador se havia mantido calada. Mas, quando o Licurgo Arantes aventou a medida de tal proibição, ela o aparteou com veemência:

– Com que nós nos havíamos de vestir? Isso não pode passar!

Arantes não apresentou projeto algum a respeito, e casou meses após, para felicidade dele, dela e do... povo, com a senhorita Brunehilda da Consideração. Houve mirra e prédica.

Careta, 22/1/1921.

---

1. Referência a Cincinato Braga – vd. n. 3 da p.71.

..................................O poderoso dr. Matamorros

Da necessidade e fórmulas de ascensão política

Naquela noite, cheguei ao meu palacete, bem tarde. Lembro-me perfeitamente.

Minha mulher tinha vindo a dormir no automóvel Packard, da repartição, que eu dirigia. O espetáculo acabava muito depois de meia-noite; fomos ainda tomar chocolate e atravessamos a "cidade nova", o Mangue,[1] quando já havia passado muito de uma hora. Olhei com tristeza as casas do Mangue, as da "cidade nova" nas ruas transversais; as do morro da Favela, eu apenas entrevia. Pensei de mim para mim: por que não se acabava com "aquilo"? Seria necessário aquele *repoussoir*, para afirmar a beleza dos bairros chamados *chics*?

Apesar de engenheiro, eu não tinha atividade ou especialidade técnica ou profissional qualquer; era "doutor". Porém, como me havia casado bem e os meus parentes fossem influentes, na política, eu pleiteara e arranjara ser diretor-geral das Águas Medicinais do Brasil, de que nada entendia.

Tinha um gordo ordenado, ajuda de custo para viajar de automóvel oficial (marca imposta pelo ministro) da minha casa, na Tijuca, para a sede da minha repartição, em uns cubículos da rua 1º de Março, 2º andar.

No meu cargo não havia nada que ver com saneamento de cidades, nem com coisas correlatas; mesmo, verdadeiramente, com águas virtuosas, tinha pouco ou quase nada; mas, naquele momento, deu-me em pensar nas dores dos outros.

O meu serviço era mandar compilar relatórios sobre Carlsbad, Tiflis, Ems e outras estações afamadas de águas medicinais de todo o mundo; e, postos no vernáculo, assiná-los e mandá-los ao ministro.

Mesmo assim, tinha por meu maior desejo deixar o cargo, para criar galinhas; mas via-me obrigado a tentear nele, até poder ocupar um de mando efetivo, onde viesse a sentir a alegria de governar, de algum modo, a vida de outros muitos. Era atiçado nisso por minha mulher que sempre me dizia:

---

1. Região no centro da cidade do Rio de Janeiro, que engloba hoje a Praça Onze e os bairros do Estácio e Catumbi.

– Encerrabodes, você é um trouxa, um molenga!

Porque, minha mulher, apesar de figurar no Gotha[2] das secções elegantes e mundanas dos jornais e revistas, gostava de falar em calão. Ela tinha sido torcedora de *foot-ball*.[3]

Quando lhe ouvia tais palavras, acudia humilde:

– Por que, minha filha?

– Você não arranja um cargo de destaque! Não há meio!

– Não tenho elementos, Nepomucena.

– Qual! O Chico Neves é filho de um "bombeiro" e já foi governador do Juruá.

– Se o Albino tivesse vindo Presidente... Então, sim!

– Estás mesmo à espera dele... Hum!... Se eu não tratar...

Esses diálogos eram constantes entre nós; mas nunca passavam daí.

Ela, mesmo, quando cismava, é que dava os passos para a minha ascensão; eu, a bem dizer, não fazia nada, nunca!

Dormindo como ela estava no automóvel, mergulhado na misteriosa grandeza de uma noite negra e estrelada, muito só no seio do seu silêncio grandioso, pus-me a pensar na sorte daqueles que residiam naquelas casas pobres. Certamente, imaginei, pagavam aluguéis exorbitantes! Aquilo era uma injustiça e o fundamento da sociedade (tinha lido não sei onde) é a justiça. Se eu estivesse no lugar do Matamorros, já tinha dado um remédio a um tal estado de coisas![4]

Afinal, o meu Packard quase presidencial parou em frente ao meu palacete, na Tijuca. Despertei Maria Nepomucena, a minha mulher, e, em breve, dormíamos na santa paz do Senhor.

Sonhei que era autoridade; que era o Matamorros; que a Constituição, as leis, os regulamentos, os avisos, as portarias, os acórdãos, as decisões, os

2. Referência à cidade de Gotha, na Alemanha, onde em 1875 deu-se um historicamente famoso congresso da socialdemocracia e redigiu-se o "Programa de Gotha", que consubstanciava a efetiva criação do Partido Socialdemocrata alemão. Gotha é interpretado aqui por Lima como uma espécie de documento canônico.

3. O indissolúvel repúdio de Lima Barreto ao futebol (cf. ROSSO, 2006).

4. Uma das vertentes mais vigorosas da crítica-repúdio de Lima Barreto à República, expressa intensamente em uma série de artigos e crônicas, tinha como principal motivação o descrédito e a indiferença do novo regime em relação às classes populares.

decretos, as ordenações, as cartas-régias, os alvarás, as decretais papalinas, as lupercais, as saturnais e mais institutos de Justiano e de sua virtuosa mulher Teodora[5] – todo esse acervo de disposições legais presentes e passadas me dava poder para fazer o que prometesse, tanto mais quando se tratasse do benefício geral.

Foi com a macia carícia desse sonho no meu pensamento, que despertei.

Também não me havia passado na mente, a impressão das casas pobres, a vencer exorbitantes aluguéis.

Tomei uma simples xícara de café, adiei o banho morno para mais tarde e pus-me a ler os jornais.

No primeiro que peguei, topei com este artigo: *Casas populares e o Governo civil.* Li-o e encontrei este trecho:

Iam as coisas nesse pé e todos estavam exuberantemente esperançados, quando o dr. Matamorros, o nosso ilustre governador civil, esquecido do seu anterior pronunciamento favorável e público, fulminou o projeto dos vereadores, sobre casas populares, com o seu veto.

O interessado corre ao gabinete do governador, sem compreender a sua atitude. Este nega que o houvesse feito, mas lhe é mostrado o jornal oficial. Movimenta-se o gabinete, buscam-se os autógrafos. O caso não pôde ficar suficientemente esclarecido. O governador ou alguém por ele vetara o projeto, o que certamente não foi a primeira vez, nem será a última.

– Diabo! – exclamei eu. – Que governador de cidade é este, que não sabe o que assina? Livra! E falam dos jurados!

Continuei a leitura:

Mas o sr. Matamorros prometeu que no dia seguinte retificaria seu ato sancionando o projeto!

Ao invés, porém, comunicou ao interessado que lhe era impossível cumprir a promessa da véspera.

5. Flavius Petrus Sabbatius Justinianus (483-565), conhecido simplesmente como Justiniano I, imperador Romano do Oriente, coroado com sua mulher Teodora como monarcas do Império Bizantino; de Teodora sabe-se que, filha de um tratador de ursos, tivera uma juventude desregrada, escandalizando a cidade com suas aventuras de atriz e dançarina.

Minha mulher, por aí, entrou no aposento em que estava, e eu, o dr. Encerrabodes, descansando o jornal, disse-lhe com ar zombeteiro:

– Queres ver um fiasco que fez o Matamorros?

– Qual foi? – indagou ela.

– Prometeu aprovar uma coisa, mas não só não a aprovou como deixou que alguém a reprovasse por ele. Fresca autoridade!

– Mas, mesmo assim é governador...

(das "Notas de um aspirante à Presidência de qualquer coisa")

Careta, 5/2/1921.

Um fiscal de jogo

De uma receita para fazer-se na vida republicana

Conheci e conheço Antunes Segadas Bustamante. Quando, porém, o conheci, há anos, era um pronto mais pronto ainda do que eu. Era cuidadoso com o seu corpo e a sua roupa e tinha meios e modos de sempre andar com ternos novos e bengalas de apuro. Ninguém sabia como ele arranjava aquilo, tanto mais que todos o sabíamos honesto.

Ele viera ao Rio estudar qualquer coisa, mas não se formara em nada. E como quem não se forma em nada, tem a mania de que é poeta e jornalista, ele deu em frequentar as rodas de poetas e jornalistas. Não tinha jeito para a coisa, aos poucos foi deixando de publicar sonetos nas revistas e crônicas insulsas nos jornais de pouca circulação. Não era nem mau, nem bom rapaz; era um simples e tolerável companheiro. Não fumava, não bebia. Sentava-se no café, ouvia o que os mais sábios diziam, guardava-lhes as opiniões e ia repeti-las em outro grupo como sendo dele.

A sua ambição era um emprego e casar bem; e, para casar bem, era preciso ter um bom emprego. Uma coisa era função da outra. Por isso, ele desdenhava os empregos de amanuense e escriturário e "cavava" coisa melhor. Era tenaz e nunca cedeu em tal propósito, no que fez bem, como veremos.

Veio a agitação nacionalista e ele logo se alistou num dos muitos clubes que têm esse qualificativo. Com a força que dá falso entusiasmo, Antunes conseguiu sobressair na "causa". Aproximou-se das altas personagens da República, fez-se conhecido delas, não deixava de cumprimentá-las na rua, frequentava-as e procurava sempre; enfim, mostrava-se.

Surgiu a regulamentação do jogo, com impostos sobre as respectivas casas, fiscais e todo um aparelho de sociedade, para tornar sério o pano verde e dar dinheiro ao Estado severo e paternal.

Bustamente logo ambicionou um lugar de fiscal, cargo rendoso; e, para obtê-lo, pôs em campo todas as suas relações e toda a sua tenacidade.

Interessou fulano na sua pretensão, rogou a beltrano, falou a sicrano e conseguiu a coisa.

Depois de nomeado, foi há dias que o encontrei; e, após cumprimentos, perguntei-lhe:

– Como te tens dado com o lugar?

– Magnificamente! Ceio lautamente todas as noites, vejo lindas mulheres e bebo *champagne* a rodo. Tudo isto de graça. Não é bom?

Careta, 10/9/1921.

Falar inglês

Da importância de saber o idioma para grandes negócios

A amizade, que eu mantinha com o dr. Serapião Fortunato Cosme Damião, era antiga e sólida. Sempre ele me protegeu de todas as formas que pôde, embora não dispusesse de grandes recursos. Há anos passados, andava eu muito atrapalhado da vida, desempregado, quando recebi um telegrama de Serapião, nestes termos: "Venâncio – Corre cá em casa. – Serapião". Assim fiz; e só não fui de táxi, porque não me sobrava dinheiro. Chegando em casa dele, fui entrando e gritando pela mulher do amigo:

– D. Milóca! D. Milóca! Sou eu, o Venâncio.

Ela respondeu:

– Oh! "seu" Venâncio! Entre, entre! O Serapião está à sua espera, no gabinete.

Conhecendo a casa, dirigi-me com toda a liberdade, para o aposento em que estava o meu camarada. Ao dar com ele, mal cumprimentei-o e perguntei-lhe logo:

– Que há?

– Boa coisa.

– O que é?

– Vou ter uma boa empreitada, no estado de Ibiturana, e vais trabalhar comigo.

– Que vais fazer lá?

– Vou sanear o vale do Ipitiranga, um dos lugares mais férteis do Brasil, e que se presta admiravelmente para a cultura da oliveira.

– Há lá oliveira, já?

– Nunca houve; mas observações climatológicas, geológicas, análises químicas dos terrenos, etc., etc., permitem identificar o solo e a semelhança daquela parte do Brasil com os melhores trechos da Europa em que crescem árvores de azeitonas. Todas as observações, experiências e análises foram feitas nos laboratórios do Ministério da Agricultura, por operadores de ambos os sexos, e "controladas" por sumidades alemãs, belgas, suíças e japonesas.

– Mas... azeitonas!

– Que tem azeitonas? São um excelente alimento. É o fruto da sabedoria que Minerva fez brotar na terra. Na Europa, nos lugares em que elas são abundantes, os camponeses, dias e dias, unicamente se alimentam com elas, acompanhando-as com pão duro ou bolacha. Aqui, os bufarinheiros sírios, turcos – tens visto? Demais, e o azeite?

– Como arranjaste isto?

– Eu te conto. Dou-me com dr. Karl Ten Kantayo, que foi meu lente; e é hoje governador de Ibiturana. Ele está aqui, pois veio tratar-se. Não me aparecendo comissão nenhuma de engenharia e como, com as moléstias constantes da mulher e dos filhos, eu ia entrando no grosso do capital, era urgente obter qualquer trabalho. De resto, depois que consegui falar com desembaraço inglês, comecei a aborrecer-me com o Rio. Queria...

– Foste tenaz, não há dúvida!

– Fui. Levei quatro anos e posso te garantir que o falo bem, como tu vais ver. Queria ir para o campo. Resolvi procurar o dr. Ten Kantayo, para que ele me arranjasse alguma coisa no estado que administra. Fiz-me anunciar, dando o meu cartão. Fui logo introduzido. O dr. Karl fez-me sinal para que o esperasse e me sentasse.

Sentei-me e ele continuou a conversar com um americano de olhos esbugalhados e queixo quadrado que lhe estava à direita. Falavam em inglês e eu lhes entendia perfeitamente a palestra. Tratavam do tal saneamento. Dizia o americano que já propusera tal serviço, no governo de Prudente de Morais,[1] em... Não pôde dizer o ano; fui em seu socorro e disse-lhe, em inglês, todos os anos do período governamental daquele presidente. O dr. Karl ficou espantado e ordenou:

– Então, Serapião, você fala inglês?

– Falo, respondi com modéstia, mal; mas falo.

Daí em diante conversamos os três em inglês. Convencionamos que eu seria sócio de Mr. Cecil Sharp (o tal americano), na sua empreitada de sanear o vale do Ipitiranga, pois era bom figurar na empresa um brasileiro. Objetei

1. Prudente José de Morais e Barros (1841-1902), primeiro governador do estado de São Paulo (1889-1890), senador e terceiro presidente do Brasil e primeiro político civil a assumir o cargo, governando de 1894 a 1898, sucedido por Campos Sales.

que não tinha capital. O dr. Karl explicou-me que o seu estado entrava com o dinheiro, à proporção que as obras se realizassem, pagando-nos ordenado e porcentagens.

– Mas, opus eu, se por qualquer circunstância, não pudermos acabar o trabalho?

O dr. Karl, então, elucidou:

– Vocês, administradores, receberão, em tal caso, a indenização de cinco por cento, calculados sobre o custo total das obras que teriam de concluir para a execução plena do contrato. Eis aí.

Pensei um pouco e atrevi-me – com que medo! – atrevi-me a indagar:

– E a opinião pública?

– Fecho-lhe a boca, fez com império o governador, dizendo que se vocês acabassem as obras, as comissões de dez e meio por cento, fariam o estado gastar muitas vezes mais. Vou mandar lavrar o contrato. Depois de amanhã, vocês venham assiná-lo.

– De modo, Serapião – perguntei eu – o teu interesse está em não acabar a obra?

– Por certo! Nem mesmo ela foi projetada para ser ultimada.

– Para que, então, foi?

– És ingênuo! Obras como essa, meu caro, sempre tiveram um escopo.

– Qual é?

– Fornecer matéria-prima para indenizações.

– É uma indústria?

– É, das mais nacionais.

– Tens sorte.

– Por que não aprendes a falar inglês?

– Devia fazê-lo. Não há dúvida que o inglês é um instrumento próprio para... realizar altos trabalhos.

– Tolo!

E tirou uma longa fumaça do charuto.

Careta, 1/10/1921.

Manifestações políticas

De uma narrativa filosófico-política propícia à reflexão em todos os tempos

A propósito de recentes e ruidosas manifestações políticas, contou-me um plácido filósofo o seguinte:

Em eras passadas e bem distantes da nossa, houve num país longínquo da Ásia uma guerra sangrenta que teve, do lado de um dos partidos, como general em chefe o cabo de guerra pouco conhecido chamado Brederodes. Este cabo de guerra não foi feliz nas operações, fosse por incapacidade própria, fosse por outro qualquer motivo. Naquele tempo, não havia jornais, mas todos murmuravam contra a sua conduta, nas lojas de comércio e outros lugares públicos, em que se reuniam pessoas de todas as condições sociais. O rei ou imperador do país nada dizia, nem tomava providência alguma. O povo, porém, insistia; e o soberano, para não desgostar o seu fiel Brederodes, tomou um alvitre salvador e conciliador: resolveu fazer as pazes com o inimigo de qualquer modo. Isto desgostou o povo de uma maneira profunda; mas, ao invés de acusar o rei, a população atribuiu o desastre da campanha ao general Brederodes e, quando ele aportou à capital do país, fez-lhe uma imponente manifestação de desagrado.

Na rua principal, alguns admiradores do general, no intuito de diminuírem a indignação do povo, haviam erguido coretos e outros adornos festivos, muito pouco próprios de um triunfo negativo, como era o do general Brederodes, mediante essas falsas demonstrações de entusiasmo. Além disso, para abafarem os esperados apupos, os seus fiéis amigos e apaniguados haviam alugado uma coorte de homens de duvidosa condição e reputação ainda mais duvidosa para o aclamarem. O general Brederodes chegou, continuou o meu amigo, depois de sua estrondosa derrota; e, como era de esperar, sofreu uma vaia homérica. Além disto, não contente com tal, queimou o povo coretos, as anexas, rasgou retratos; enfim, fez o diabo na "Via Apia" da cidade, na intenção de desfeitear o herói negativo e falsificado.

Brederodes, à vista de tal, muito a propósito, recolheu-se à vida privada, numa casa de campo, onde cultiva cenouras e couves.

Passaram-se anos e surgiu uma nova guerra do seu país com um outro vizinho. Nomearam uma porção de generais e todos eles foram derrotados. O povo começou a dar sinais de impaciência, reclamando do imperador providências enérgicas, a fim de que o país não continuasse a ser humilhado. Todos os principais cabos de guerra da nação já haviam sido experimentados e nenhum deles obtinha vantagem. Brederodes era o único que o não havia sido. Resolveram experimentá-lo; e – coisa singular! – Brederodes foi vitorioso, transformando-se em ídolo do país. Voltou e recebeu as mais estrondosas aclamações do povo da capital. Atravessou a rua principal, a cavalo, tendo ao lado diversos garbosos ajudantes de ordens.

Vendo e ouvindo aquilo, o general Brederodes dirigiu-se a um dos seus ajudantes, perguntou:

– Quem é essa gente que me aclama assim?

– É a mesma que o vaiou, não há muitos anos, Excelência.

– Como mudou!

– É porque ela mudou de vestuário. Há nisso uma questão de moda e de sucesso, Excelência.

Nisto um bêbedo ou um maluco, antepassado certamente de Quincas Borba, gritou bem alto:

– Ao vencedor, batatas![1]

O meu amigo rematou assim o apólogo:

– Está aí a filosofia das manifestações políticas, toda ela.

Careta, 29/10/1921.

---

1. Célebre frase – de significado emblemático de uma vitória ou conquista inócua, inexpressiva – pronunciada pelo protagonista Quincas Borba, no romance de mesmo nome, de autoria de Machado de Assis (1839-1908), publicado em 1891.

Rocha, o guerreiro

De uma 'vocação militar' não realizada...

Este Rocha, quando nasceu, os pais levaram-lhe à pia com o intuito de que ele fosse general. Ele era descendente de gente brava que se tinha batido valentemente nos campos do Paraguai.

Quiseram meter-lhe na Escola Militar, mas não houve meio de Rocha aprender Aritmética. A mãe, como ele dizia ter vocação militar e ser neto ou bisneto do barão de Jacutinga, herói da guerra do Paraguai, resolveu requerer-lhe praça, a fim de ser reconhecido cadete.

Rocha era medroso que nem um jacu; e quando foi metido num regimento da Quinta da Boa Vista, ao primeiro trote, pôs-se a chorar.

Queixou-se ao Capitão de sua companhia, a quem pediu licença para escrever à sua velha mãe. O Capitão, atendendo que ele não tinha nenhuma enfibratura[1] para a vida militar, consentiu.

A velha veio e ele, mal ela chegou, disse-lhe:

– Mamãe, quero mamar.

Está aí em que deu o general futuro – o Rocha das Arábias.

Careta, 19/8/1922.

1. Firmeza ou solidez de caráter; energia.

Um do povo

Da ilusão de um músico de talento com as coisas da arte e da política

Conheço em Anchieta, subúrbio longíquo desta cidade, um grande músico. Chama-se Felismino Xubregas e nasceu no Maranhão. Sentou praça no Pará, foi metido na banda de música do batalhão; e, vendo o respectivo comandante que ele tinha grande vocação para a "Arte", arranjou-lhe a transferência para o Rio de Janeiro. Isto foi em 1887. Aqui chegado, o nosso piston, pois era esse o instrumento que ele tocava, captou a simpatia do atual marechal Faria, então simples comandante de esquadrão, que sempre gostou de música e de músicos. O então capitão Faria conseguiu que ele frequentasse as aulas do Conservatório de Música, para aperfeiçoar os seus estudos. Em boa hora isso fez, porque Xubregas estudou a valer e acabou sabendo música a fundo. Acabado o seu tempo de serviço militar, não quis reengajar-se e deu baixa. Andou por aí em "tocatas", nas quais mal ganhava para comer. Deu em escrever valsas e polcas; mas, mesmo assim, não obtinha o dinheiro necessário para viver. A vida, porém, e a sua continuidade têm tanto império sobre nós que Xubregas, apesar de tudo, casou-se e veio a ser pai de muitos filhos.

Chefe de família; não podia continuar na música, que quase nada lhe dava. Que fez então? Procurou toda a espécie de empregos mais acessíveis. Foi lenhador em Costa Barros, caixeiro de botequim em Maxabomba, servente de pedreiro em Sapopemba; hoje, o seu ofício habitual é o de construtor de "fossas", nas redondezas de Anchieta, onde reside.

Há dias, indo até lá, encontrei-o e perguntei-lhe simplesmente:

– Que há, Xubregas? Como vais?

– Vou bem; mas ando aborrecido.

– Por que, Xubregas?

– É coisa da Prefeitura.

– Como? Estás metido na política do Brandão, do Pio ou do grande e inolvidável Nestor Arêas Mackensie?

– Não, caro amigo. É questão do teatro.

– Não atino.

– Eu te explico.

– Bem, vá lá!

– Não está aí uma afamada orquestra vienense?

– Está, sei bem; e trabalha no Municipal.

– É verdade o que dizes; e eu, por ser "um do povo" e, além de tudo, músico, tive desejo de ouvir tão famosa orquestra. Escovei a minha roupa e fui até lá, julgando que a coisa era ao alcance das minhas algibeiras.

– Que te aconteceu?

– Quando lá cheguei, tudo era caro, isto é, qualquer lugar era tão caro que, se eu alugasse um, ficava sem comer uma semana.

– Pois não sabias disso?

– Não. Sempre li que a Prefeitura tinha erguido aquele teatro para educação do povo.

– Que engano! Ele deve estar por quinze mil contos, extorquidos ao povo; mas foi feito para educação dos ricos. Eis aí!

Xubregas não me disse mais nada; e, ao despedir-se, ergueu um heroico:

– Viva a República!

Careta, 19/8/1922.

Interesse público

Da probidade de um senador posta a serviço coletivo...

O senador Victoman era conhecido pela sua grande severidade na fiscalização dos dinheiros públicos. Nenhum outro era como ele inimigo dos burocratas que, no seu julgar, sugavam o melhor das rendas públicas, vivendo à larga, sem prestar serviço algum ao País e ao Estado.

A sua implicância por essa classe dos servidores do Governo, em certas ocasiões, levava-o a explosões de cólera que metiam medo a todo mundo.

Por isso, quando ele falava no Senado, no dia seguinte, os modestos lares dos funcionários públicos eram abalados com a tempestade que as suas palavras desencadeavam.

A esposa de um amanuense que via seu marido sair toda a manhã para o trabalho e voltar à tarde, sabendo que Victoman chamara todos os funcionários públicos de madraços, punha-se a desconfiar do emprego que seu marido dava ao tempo que levava fora de casa e recriminava-o com meias palavras.

Algumas mesmo excediam e diziam francamente aos maridos que eles se metiam em pândegas nas horas que afirmavam passarem nas repartições.

Sendo assim, o senador Victoman quando, naquele dia, subiu à tribuna para falar todos estremeceram e as repartições públicas, ao saberem do caso, encheram-se de pavor.

Entretanto, não havia motivo para isso.

O senador pediu a palavra e disse, em resumo, o seguinte que nada tem a ver com o funcionalismo do Estado:

Meus senhores. Há dias comprei dez bois e algumas vacas que enviei para as minhas fazendas.

Devido à pouca importância que a administração liga aos meus bois e às minhas vacas, eles chegaram às propriedades agrícolas com alguns arranhões insignificantes.

Tal coisa não se teria dado se o Govemo acolchoasse convenientemente os carros da estrada de ferro destinados ao transporte dos meus bois e das minhas vacas.

Julgo, portanto, do meu dever apresentar a esta casa um projeto de lei, concedendo um crédito de 2 mil contos para acolchoar os carros das estradas federais que tiverem de transportar o meu gado vacum.

O orador, dizia a ata, foi muito cumprimentado por ter tratado de caso de tanto interesse público.

Careta, 9/2/1924.

Teatro barretiano

Apresentam-se aqui dois textos relativamente inéditos de Lima Barreto, duas peças teatrais, ao que se sabe suas únicas tentativas nos domínios do que ele próprio alcunhou "exercícios de literatura dramática" – um deles ("Os negros") de data definida, mas imagina-se o outro ("Casa de poetas") ter sido escrito presumidamente à mesma época, pelo ano de 1905 (no ano anterior escrevera a primeira versão de *Clara dos Anjos* e em 1905 começara a escrever o romance *Recordações do escrivão Isaías Caminha*, que seria publicado em livro em 1909), de um Lima Barreto jovem de 24 anos, em pleno 'ardor', digamos assim, de seu idealismo crítico com relação ao Brasil, suas questões étnicas e sociais, sua cultura – duas das searas às quais se reportam as duas peças.

"Casa de poetas", em tom de comédia, tem em seu cerne bem-humorada paródia aos poetas, notoriamente os parnasianos, por extensão à literatura então praticada à época, como sabemos objeto de acirrada e permanente crítica de Lima, oferecendo ainda pitadas de insinuante perspectiva de infidelidade conjugal, tema raramente presente em sua ficção. "Os negros", por sua vez, essencialmente dramático, sem nenhuma concessão à sátira ou ao humor, constitui expressão inequívoca e explícita da postura barretiana a respeito da negritude – ele mesmo um mestiço –, da própria história escravagista do país e das condições de vida do negro brasileiro. *M.R.*

Casa de poetas

Comédia em um ato

a Carlos Pereira De Carvalho, meu tio, e a Marques Pinheiro;
meus iniciadores no teatro.

personagens

- Filgueiras, poeta célebre *35 anos*
- dr. Clarimundo, juiz aposentado *52 anos*
- Luís, seu copeiro *30 anos*
- D. Mariana, sua mulher *45 anos*
- Clarinda, sua filha *18 anos*

A cena representa uma sala de visitas de gente de condição média. Cortinas nas janelas de frente, à direita, e porta de entrada, ao meio delas.

No 1º plano, à esquerda, sofá e cadeiras, sendo uma delas de balanço. As portas que comunicam com os quartos e com o interior, à esquerda. Ao fundo, janelas que dão para uma rua lateral. Estão abertas e vê-se um cenário de montanhas, através das cortinas. Piano, tamborete, estante de música, dunquerques com bibelots, quadros, tudo disposto do melhor modo. Cinco horas. Abril. Época atual.

CENA I

(*ao erguer-se o pano, o dr. Clarimundo está sentado na cadeira de balanço; tem sobre as pernas vários jornais e acaba de beber um copo d'água que lhe serve o copeiro. Luís está de pé, com a salva na mão. Clarinda, vestida de branco, com certo gosto e donaire, está a uma janela dos fundos*)

Clarimundo (*acabando de beber água*) – Então, Luís, viste o soneto que saiu hoje na *Gazeta*?

Luís (*categórico, recebendo o copo*) – É parnasiano... Não gosto...

Clarimundo (*paternalmente*) – É boa!... Não gostas... Como se fosses capaz de fazer melhor!

Luís (*seguro de si*) – Como não sou? Se o dr. visse o poemeto que fiz hoje...

Clarimundo – Dize lá.

Luís (*recitando*) – O barulho dos pratos.

Clarimundo (*esperando*) – Como é?

Luís (*com confiança*) – O barulho dos pratos.

Clarimundo (*bondoso*) – Continua. É inspiração do ofício. Continua.

Luís (*recitando*) – Na pia os pratos fazem tec-tec,
Ao encontro dos garfos e das facas.

Clarinda (*voltando-se*) – Deixe o rapaz... A poesia perde todos... Vamos, Luís, continua.

Luís (*que até então ficara aterrado, continua*) – É a sina da gente...

Clarinda (*interrompendo, sem sair da janela*) – Vá, Luís, deixa isso para mais tarde. Vá tratar de pôr a mesa.

Luís (*obediente e saindo*) – A senhora é quem perde... Quem não sabe a arte não a estima (*ao sair*). E era uma lindeza! (*sai o copeiro, Clarimundo volta a ler os jornais e a moça continua na janela. Pausa*)

CENA II

(Clarimundo e Clarinda)

Clarinda (*falando da janela*) – Papai, como é ele? É louro? É alto?

Clarimundo (*sem interromper a leitura*) – Quem, filha?

Clarinda (*docemente*) – O poeta, papai.

Clarimundo (*continuando a leitura*) – Não é alto, nem baixo; é antes baixo que alto... Bem: você há de vê-lo.

Clarinda (*na janela ainda*) – Virá mesmo, papai?

Clarimundo (*deixando cair o jornal, impaciente*) – Vem, filha; vem... Espere um pouco.

CENA III

(os mesmos e D. Mariana)

d. Mariana (*entrando; é gorda e feia*) – Você tem cada ideia, seu Clarimundo... Convidar esses poetas; ainda outro dia o tal Romualdo...

Clarimundo (*com os olhos no jornal*) – Já vem você. Querias que ele te namorasse, não é?

d. Mariana (*sentando-se*) – De certo, não; mas tratar-me assim... isto é... sem atenção particular, sem uma amabilidade, é demais! Você não diz que eles gostam das senhoras?

Clarimundo (*titubeante e deixando o jornal*) – É... sim... As senhoras... É... As moças, sim.

d. Mariana (*agastada*) – Por acaso, eu sou alguma velha coroca, ou um monstro para que eles fujam de mim? A sinhá Bandeira é mais feia e velha que eu, e já tem um soneto que lhe foi dedicado. (*categórica*). Eu não sou uma velha de 80 anos!

Clarimundo (*irônico*) – Você está na flor da idade.

d. Mariana (*irônica*) – Não tanto quanto você meu lindo poeta. (*pausa*). Ainda por cima, esses tais poetas se fazem esperar... Olhe, o jantar já está pronto.

Clarimundo (*familiar e persuasivo*) – Filha, isto não vai assim... Um homem, como ele, uma notabilidade, um grande poeta, tem direito a essas atenções.

Clarinda (*chegando-se ao grupo e sentando-se*) – Como é o nome do livro dele, papai?

Clarimundo (*como quem se recorda*) – Nu... Nuvens... Brumas... Não sei. Não tenho boa memória.

d. Mariana (*que fora arranjar uns bibelots, ao sentar-se*) – É boa! (*ri devagar*). É boa!... Você nem sabe o nome do livro! Como é então que você admira o homem?

Clarimundo (*sentencioso*) – Mulher, os poetas têm direito à nossa admiração, mesmo quando não lhes lemos os versos – fique certa disso!

(*soa uma campainha*)

Clarinda (*erguendo-se precipitada*) – Está aí.

(*todos se erguem e Clarimundo vai receber o poeta à porta de entrada*)

CENA IV

(os mesmos e Filgueiras)

Clarimundo (*apresentando*) – O dr. Filgueiras... Minha filha e minha mulher....

(*trocam-se os cumprimentos*)

Filgueiras (*com afetação*) – Encantado em conhecê-las.

d. Mariana (*polidamente*) – Sente-se, doutor. Deixe-me ver o seu chapéu, doutor. (*agarra o chapéu e vai descansá-lo numa cadeira ao fundo enquanto os outros vão sentar-se*)

Clarimundo (*sentando-se*) – Então, doutor, tem feito muitos versos?

Filgueiras (*sentando-se, e olhando de soslaio Clarinda, que não cessa de medi-lo da cabeça aos pés*) – Alguma coisa... O doutor sabe, na nossa terra, não se tem vontade de trabalhar. Não temos recompensa para o nosso esforço.

d. Mariana (*sentando-se*) – Os seus livros são grandes?

Filgueiras (*dissimulando o espanto*) – Alguns são, minha senhora; outros não. Não gosto muito das grandes composições, nem dos grandes livros.

Clarinda (*ingênua*) – Mas um livro não deve ser volumoso, grande?

Filgueiras (*sorridente*) – O que vale não é o peso, é o conteúdo.

Clarimundo (*superior*) – Eu também sou como o doutor, não gosto dos livros grandes: esse tal Camões...

d. Mariana (*interrompendo*) – Como é que você anda sempre com aquele livrão enorme?

Clarimundo (*amolado*) – Aquilo é o dicionário, filha.

Clarinda (*ingênua*) – Então, o dicionário serve para fazer versos?

Filgueiras (*apressado*) – Ás vezes, para ver um termo ou outro. Compreende, a senhora, que nem sempre sabemos...

Clarimundo (*interrompendo*) – Não sabe o doutor de que poesia gosto mais?

Filgueiras (*com falsa modéstia*) – A tentação de Xenócrates, do Bilac.

Clarimundo (*expansivo*) – Qual isso, qual nada! É de uma poesia muito pequena.

Clarinda (*com segurança*) – É bem bonita... Conhece... É o Beijo.

d. Mariana (*solícita*) – Não é aquela que você cortou e pregou no livro de seu pai. Não é, Clarimundo?

Clarimundo (*acudindo*) – Esta mesma... Veio até no *Malho*, do ano passado.

Filgueiras – De quem é?

Clarimundo – Eulino Breves, conhece?

Filgueiras (*com desdém*) – Nunca lhe ouvi o nome.

d. Mariana – É muito bonita! Que lindeza, doutor! (*para Clarinda*) Você não a sabe de cor?

Clarinda – Não, mamãe.

Clarimundo – Vá buscar o livro, minha filha, para o doutor ver.

(*Clarinda sai*)

CENA V

(os mesmos, menos Clarinda)

Filgueiras (*a Clarimundo*) – É essa moça o único filho que o doutor tem?

d. Mariana (*precipitando-se*) – Temos mais um, o Inácio...

Filgueiras – Não tem nenhum gosto pelas artes, esse seu filho, minha senhora?

Clarimundo (*desgostoso*) – Qual! É só negócio de remos, tiro ao alvo, futebol... Um bruto!

d. Mariana – Qual! Não diga isso, Clarimundo. É até um rapaz estimado. *O Esporte* trouxe o seu retrato e tem tirado dois campeonatos; e só não tirou o deste ano, porque esteve doente e não pôde cotejar bastante. Quantas medalhas tem ele, chi! Quando põe tudo aquilo no peito parece até o duque de Caxias! Então, um rapaz desses é um bruto, doutor?

Filgueiras (*distraído*) – De certo que não (*tirando um cigarro*). A senhora dá licença que fume?

d. Mariana – Pois não, doutor.

Filgueiras – Fumo muito (*acende o cigarro, vai atirar o palito do fósforo pela janela do fundo, volta e fica de pé*). A tarde está bela, não é doutor? (*Clarinda vem entrando*). Parece que o céu de tão fino, quer ficar transparente e mostrar o seu mistério. (*Clarinda fica a ouvi-lo, calada e admirada*)

CENA VI

(os mesmos e Clarinda)

Clarinda (*entrando*) – Está aqui, papai, o livro.

Clarimundo – Dê-me cá (*põe os óculos e folheia o livro de recortes e poesias manuscritas*). Quer ver uma composição minha, doutor?

Filgueiras – De muita boa vontade.

Clarinda – Lê aquela, papai: A partida.

d. Mariana (*desdenhosa*) – Não sei como Você pode gostar de semelhante coisa... Seu pai, um homem velho, a ter derriços... Ora!

Clarimundo – É poesia, mulher!

Filgueiras – Se a senhora consente, eu pedia licença para que o doutor lesse.

d. Mariana (*risonha*) – Já que deseja...

Clarimundo – Então vou ler (*lendo*). Quando te foste numa barca triste (*interrompendo*). O doutor não acha que barca está bem aí?

Filgueiras (*hesitando*) – É... É... Está.

Clarinda – Mas não foi em barca papai; foi num paquete. Não se lembra? Até...

d. Mariana (*interrompendo, zangada*) – Então, isto é verdade, hein? (*erguendo-se*) Seu peralvilho! Seu bilontra! Seu patife! Então?

Filgueiras – Minha senhora...

Clarinda (*nervosa*) – Mamãe...

Clarimundo (*atrapalhado*) – Juro que...

d. Mariana (*continuando, zangada*) – Diante dos meus olhos, hein? Quem diria que este velho, esse jagodes... Que canalha! Não me verás mais! (*sai arrebatadamente*).

Clarinda – Mas, mamãe...

CENA VII

(os mesmos, menos d. Mariana)

Clarimundo (*depois de uma pausa*) – Dr., não há de reparar, não é? Minha mulher é muito zangada... Tem gênio, mas passa logo... Foi você, Clarinda, quem arranjou tudo isso...

Clarinda (*titubeando*) – Eu me tinha esquecido que...

Filgueiras – Oh, doutor! Eu sei que são essas coisas...

Clarimundo – Em todo o caso, vou lá... É bom acalmá-la, não acham? (*levanta-se e dirige-se à porta; quase lá, vira-se*) Desculpe-me, sim, doutor. Clarinda, converse com o doutor... Toque piano...

(*Clarimundo sai*)

CENA VIII

(Filgueiras e Clarinda)

Filgueiras (*depois de um silêncio, embaraçado*) – Toca muito, d. Clarinda?

Clarinda (*sonhando*) – Ultimamente, pouco (*pausa; outro tom*). Não sei, doutor; não sei por quê, depois que papai meteu-se nessas coisas de poesia, tudo aqui anda levado da breca.

Filgueiras – Mas ele não gosta disso há muito tempo?

Clarinda – Não. De uns tempos para cá, é que lhe deu na telha... Mamãe há dias que fala, que diz mal; há outros que gosta... Ela diz que os poetas não lhe prestam atenção (*ingênua*). Eu não sei o que ela quer dizer com isto... (*entristece*) Meu irmão não há meio de querer saber disso. Enfurece-se, grita, diz que papai está doido. O doutor acha que ele está?

Filgueiras (*ameno*) – Qual! É uma pequena preocupação, mais nada.

Clarinda (*tristonha*) – Mas ele nunca foi assim. Lá no estado, quando juiz, não tinha senão livros de direito... Agora, leva atracado com poetas, dicionários, revistas... Não sei! Quem sabe? Eu também fico às vezes a pensar que não estou com juízo. Procuro entender isso, penetrar bem, compreender, mas a coisa me foge. Às vezes, sinto bem um trecho, um verso, uma quadra. A minha alegria é grande; mas quero ir adiante, a coisa me escapa e tudo o que aquelas palavras dizem, não entra na minha cabeça. É assim como se eu quisesse (*gesto*) apanhar a luz, o ar, o perfume das flores com as mãos... Eu não sei... O doutor não me poderia dizer, como é, hein doutor?

Filgueiras (*compassivo*) – A senhora é muito moça, tem visto pouco a vida. O tempo dar-lhe-á essa penetração que deseja, e então verá a beleza toda inteira, que lhe escapa agora.

Clarinda – Eu lhe digo francamente: eu não acredito que meu pai entenda também. Ele às vezes dorme sobre os versos que está lendo... Quando se amam as coisas – não é, doutor...? – só podemos ter prazer com elas. Ainda há pouco o doutor olhou o céu e disse que ele estava tão fino que parecia querer revelar o seu mistério, não foi?

Filgueiras (*enternecido*) – Foi.

Clarinda (*poética*) – Pois bem. Eu não queria dizer essas coisas como o doutor, mas queria olhar as árvores, o mar, o céu e as estrelas, e ver mais do que árvores, mar, céu, estrelas, como os senhores. Então, talvez, eu entendesse...

(*os dois calam-se; a moça fica a olhar o ocaso sanguíneo,*
pela janela do fundo; e o poeta a olhá-la cheio de espanto)

CENA IX

(os mesmos e d. Mariana)

d. Mariana (*entrando*) – Estão jogando o sério?

Clarinda (*senhora de si*) – Então, mamãe, não se janta? O doutor Filgueiras deve ter fome.

Filgueiras – Não, ainda é cedo. Janto sempre tarde, com luzes. É mais agradável.

d. Mariana – O doutor há de ter paciência. Esperamos o Inácio, o meu filho. (*outro tom*) Clarinda, onde estão as chaves do armário?

Clarinda – Lá em cima do guarda-comidas.

d. Mariana – Vá mostrar ao Luís, que não há meio de achá-las.

(*Clarinda sai*)

CENA X

(Filgueiras, d. Mariana e mais tarde Clarimundo)

d. Mariana – O Clarimundo manda pedir-lhe desculpas se tem demorado um pouco. Eu também lhe peço desculpas se...

Filgueiras (*delicado*) – Não há motivos para isto... Eu sei bem o que são essas coisas e...

d. Mariana – Que o doutor faça versos apaixonados, vá. É moço, é solteiro, mas um carcassa como meu marido, um lambisgoia, é indecente...

Filgueiras – Isso não quer dizer nada. Muitos poetas...

d. Mariana (*interrompendo e faceira*) – O doutor ainda não teve ocasião de dizer algumas das suas poesias.

Filgueiras (*sorrindo, orgulhoso*) – Logo, mais tarde, não acha?

d. Mariana (*sedutora*) – O doutor deve ter belos versos... Tão moço! Tão belo! Diga um pequeno, o último... gosto tanto... (*chega-se para ele*) Vamos, doutor!

Filgueiras (*esgueirando-se*) – Não são próprios... A senhora sabe, versos de poeta moço...

d. Mariana – Sou casada, que tem?

Filgueiras – Se a senhora permite...

d. Mariana (*chegando a cadeira*) – Como se chama, doutor?

Filgueiras (*afastando um pouco a cadeira*) – Quero beijar-te.

d. Mariana (*aproximando mais a sua*) – Deve ser lindo. Que título feliz!

Filgueiras (*atarantado*) – Por que não deixamos isso para mais tarde?

d. Mariana (*sedutora*) – Oh! doutor! Eu teria tanto prazer... Diga, doutor!

Filgueiras (*tosse e começa*) – Quero beijar a tua boca ardente...

d. Mariana (*cheia de si*) – Como é doce de ouvir... Oh!

Filgueiras (*continuando*) – Quero beijar o teu sedoso colo.

d. Mariana (*envaidecida, chega-se mais e toma as mãos do poeta*) – Como seria bom, meu Deus!

Clarimundo (*entrando e parando na porta*) – Então, Mariana, você já gosta de poesia? Eu não dizia... Isto é casa de poetas.

(*cai o pano*)

Os negros

(Esboço de uma peça?)

Segundo, ou antes, trilhando

Maurice Maeterliriek

... a dor poreja,
Quando o chicote do simum dardeja
O teu braço eternal.

Castro Alves

aos irmãos João, Antônio e Carlos Noronha dos Santos
O. D. e C.
O Autor

personagens

- um velho negro
- 1º negro
- 2º negro
- 3º negro
- uma negra com um filho ao colo
- outra negra mais moça

Cena nos tempos da escravidão. No recanto de um penhasco abrupto, aberto como uma concha de mão, para o mar infinito, acocorados e sentados, há um grupo de negros. Quase todos olham o augusto mar translúcido, cujas vagas alçam-se em curvas voluptuosas e quebram-se na praia, espadanando em espuma clara. A sucessão das ondas acaba por parecer uma única, enorme, contínua, a se transbordar da direita para a esquerda, beijando a areia e fazendo tilintar os seixos e as conchas. À esquerda e à direita, pontas de rocha negra, requeimada e nua de vegetação, avançam para o mar, caindo a prumo sobre as águas, inter-

rompendo a praia durante muitos metros e fechando o caminho para os lados. Às costas, o forte declive do penhasco chapa-se repentinamente; e, embaixo, à flor do solo, na anfractuosidade do monolito, abre-se uma cavidade escura, vagamente perceptível por entre as frinchas das árvores que a tampam..

Ergue-se a penedia, alta, escarpada, balizada de coqueiros; e, um traço de giz, ondula por ela acima, cheio de precipícios e perigos, um estreito caminho vigiado de um e outro lado pela Morte. Um negro velho, barbado, de barbas brancas, tendo o cabelo branco emaranhado como algodão em pasta, está sentado sobre um pedaço de rocha. De quando em quando, levanta o olhar para a linha distante onde o mar se confunde com o céu num esbatido de flocos de nuvens. Mal se lhe sente viver. Os olhos estão parados nas órbitas; não há neles nem amor, nem ódio, nem esperança, nem temor. Movendo-os, fica rígido; é como se fosse uma tosca escultura talhada na adusta rocha em que se senta.

Os negros estão ao seu lado, de um e outro, e, rasando com o olhar a praia, olham enigmaticamente o mar. Uma negra tem o filhinho ao colo, dormindo. Os traços grosseiros da criança, no sono, se adelgaçam, afinam-se e acabam por emanar a misteriosa beleza da ingenuidade, da inocência.

Ao mugir das vagas, ao tilintar dos seixos na praia, juntam-se o frêmito da floresta e o pio nostálgico das aves. No silêncio, tudo é ruído confuso, ininteligível; e, de longe em longe, um estrídulo rebenta como marcos naquela triste viagem pelo Sonho. Os anuns pintalgam de negro, esvoaçando, o costão verde da penedia. Já não se vê mais o sol; sumiu-se de há muito por detrás do alto penedo. É boca da noite. Em breve ela cai seguida de segunda cúpula negra de tempestade, que se ergue vagamente dos cumes garfados do Norte.

1º negro – Não há mais mariscos; a areia está vazia.

2º negro – A areia está vazia! E a rocha, não tem ostras?

1º negro – A rocha não tem mais nada. (*silêncio*). Eles virão?

3º negro – Virão, sim. Custarão; procurarão aqui, ali, e hão de nos achar.

negra velha – 'Stamos muito longe da Fazenda?

2º negro – Muito, pois quase andamos quatro dias pelos matos. (*a brisa começa a soprar*)

negra moça – Quantos espinhos há pelo mato! E os cipós? Não dávamos dez passos que não caíssemos. Andávamos como numa casa às escuras... A todo instante batíamos nas paredes... E as cobras! Pisei numa jararaca, parecia gelo... Era fria, macia... Foi Deus que me salvou. De noite, havia fogo, luzes, sombras no mato. Experimentávamos as árvores, descansávamos. Pássaros chamejantes passavam junto a nós...

negro velho – As cobras são boas. Só mordem a quem as persegue. Sei falar com as cobras. E os pássaros acendem fogo para nos ensinar o caminho. (*silêncio*)

1º negro – Se uma cobra aparecesse, tínhamos o que comer hoje.

negra velha – Antes morrer de fome. Veneno de cobra mata a gente num abrir e fechar de olhos...

negro velho – Veneno de cobra cura-se.

3º negro – Toda carne é boa de comer, desde que se tenha fome...

negro velho – Toda carne é boa de comer... Toda carne é boa, é boa de comer... (*a brisa mais forte faz redemoinhar em torno deles folhas secas. As embaúbas inclinam-se e estalam. O céu começa a turvar-se. Grandes nuvens negras galopam, rolam e a lua, temerosa em aparecer, filtra-se através dos novelos negros com mágoa e raiva*)

1º negro – Passa um navio; lá, ao longe. Como corre! Parece uma porção de patos juntos, ligados, unidos um ao outro.

3º negro – Os navios, que não nos vejam eles... Quando vim, da minha terra, dentro deles... Que coisa! Era escuro, molhado... Estava solto e parecia que vinha amarrado pelo pescoço. Melhor vale a Fazenda...

2º negro – É longe a tua terra? Lá só há negro?

3º negro – Não sei... Não sei... Era pequeno. Andei uma porção de dias. As pernas doíam-me, os braços, o corpo, e carregavam muito peso. Se queria descanso, lá vinha uns homens com chicotes. Vínhamos muitos, de vários lugares. Cada qual falava uma língua. Não nos entendíamos. Todo o dia, morriam dois, quatro; e os urubus acompanhavam-nos sempre. – Minha terra... Não sei... Era perto de um rio, muito largo, como o mar, mas roncava mais... Sim! Tudo era negro lá... Um dia, houve um grande estrépito, barulho, tiros e quando dei acordo de mim estava atado, amarrado e... marchei... Não sei... Não sei... (*tudo agora é escuro. As nuvens fecharam-se. O luar não as pôde mais atravessar*)

negra velha – E eu não sei nada mais donde vim. Foi dos ares ou do inferno? Não me lembro... Do que me lembro, foi do desembarque. Havia muito mar. Fomos para o barracão. Davam-nos uma gamela e nela comíamos todos, ao mesmo tempo. Depois, vieram homens. Escolheram dentre nós alguns. Experimentavam os dentes, os braços, faziam abrir as pernas, examinavam a nós, com cuidado; e, ao fim, andávamos por muitas terras. Eu fui comprada pelo Coronel. (*silêncio*)

2º negro – ... O Coronel não é mau; mas o feitor... Que homem! Tem o coração de pedra. Um dia me pôs no tronco... Eu respondi-lhe mal... Ele me deu uma ordem, eu não cumpri... Fiquei dois dias no tronco, a pão e água. No fim, parecia que não tinha mais pernas. Elas estavam tão dormidas, esquecidas! Quando me levantei, cambaleei... Caí...

1º negro – O tronco... O tronco...

negro velho – O tronco faz a gente sonhar. (*as nuvens fecham-se cada vez mais; a atmosfera pesa; está como que saturada de fumaça de um milhão de forjas*)

negra moça – O tempo muda... Se ao menos chovessem gafanhotos...

3º negro – Gafanhotos! Bolas! Vamos subir o morro. Deve haver caça.

negra velha – Eles podem estar lá. Ontem, ouvi um cão latir daqueles lados. Esperemos. (*as nuvens se acumulam em torno da cabeça do penhasco*) Amanhã, depois...

1º negro – Esperemos. (*levantando-se, olha o mar coberto de negrume; as ondas altas, negras, debruam-se de fosforescência, quebrando a praia; volta-se; olha o penhasco; pequenas línguas de fogo, à meia encosta, sobem e descem, ocultam-se e surgem de novo; brilham com um brilho azulado, lívido; uma maior ergue-se; a escuridão povoa-se; há cavalos enormes, de pés, homens de decâmetros*) Almas! Almas do outro! (*senta-se*)

3º negro – Lá... Lá... (*silêncio*) Descem...

2º negro – São demônios... Perseguem-nos... Fujamos.

negra moça – Na Fazenda havia desse fogo; e nunca fugimos.

negra velha – O morro vai cair... (*a escuridão envolve o penhasco, faz corpo com ele e agitação, que o vento, já forte, leva às nuvens e às árvores, parecendo abalar a imensa penedia*) Vamos para a praia...Vamos... (*todos se levantam. O negro velho, indiferente, vai ao centro do grupo; marcha empurrado pelos outros. O vento agita-lhes as roupas esfrangalhadas; à borda do mar, quase roçando, a marca das vagas, sentam-se na areia; o negro é intenso, nada se vê*)

criança – Mamãe... Mamãe... As portas estão fechadas?

negra velha – Sim, meu filho... Estão todas...

criança – E as janelas também, mamãe?

negra velha – Sim, meu filho... Estão todas...

criança – Como é que o vento entra, mamãe?

negro velho – Os ventos entram pelas portas e janelas fechadas...

2º negro – Um bote... Um barco...

3º negro – Um barco... Um bote...

1º negro – Sinhô moço contava que não sei que santo salvou-se engolido por uma baleia, que depois deixou-o numa praia.

negra moça – Era um, um só...

3º negro – É um peixe muito grande.

2º negro – A boca é do tamanho de uma casa.

1º negro – Podia levar a todos nós pra longe.

negra velha – Podia... Podia...

3º negro – Olhem! E vem! (*pelo alto mar, passam formas vagas; grandes barcos, monstruosos peixes espadanam à tona*)

1º negro – Onde? Ali? E vem...

negra velha – E vem... Ali... Ali... Ali...

2º negro – Caberá a todos nós...

negra velha – Todos nós. (*olha*). Nada... Nada... Foi-se... (*o mar começa a subir; a maré aos poucos vai fazendo caminhar pela praia acima; já tocam a orla da vegetação e olham o mar em frente, cravando o olhar desesperadamente; de repente, abre-se um relâmpago; um ronco fortíssimo segue-se*)

todos (exceto o velho) – Santa Bárbara! São Jerônimo!

(*persignam-se*)

criança (*despertando*) – Mamãe, por que não deixa a candeia acesa? (*silêncio*)

1º negro – Já chove... (*grossos bagos de chuva caem espaçados; caem como se fossem pedrinhas atiradas pelos garotos*)

criança – O teto está furado, mamãe? Chove dentro de casa...

negro velho – Na nossa casa, sempre chove. (*silêncio*)

1º negro – Há passos, parece uma tropa em marcha... Espocam tiros...

3º negro – Lá vem muita gente... Não ouvem como as folhas choram? Elas estão sendo esmagadas, coitadinhas!

negra moça – São tantos! Tantos! Que barulho! Mas vem longe!...

1º negro – Não tardam... Não tardam...

3º negro – Não custarão... E vêm! E vêm!

2º negro – Por onde passará tanta gente? Não há caminho.

negra velha – Descem. É como se fossem bagos de café, a cair numa lata de folha.

criança – Mamãe, mamãe... Que barulho é esse?

negra velha – Não sei... É a chuva...

1º negro – Tio! Tio! Que é isso? (*o negro velho caiu; a criança chora, chora muito*)

2º negro – Tio! Tio!

3º negro – Que é isso, tio, tio?

negra moça – Ele morre, ele morre... (*silêncio*) Tio, tio! (*a criança chora cada vez mais*)

negra velha – Tragam água... Ele morre... Tio... (*a criança chora; e, durante uma pausa, ouve-se um tiro próximo*)

Laus Deo! – 21/9/1905.

Este livro foi composto na família tipográfica
Adobe Garamond Pro
e impresso em papel *Pólen 80g/m²*

Edições Loyola

editoração impressão acabamento

rua 1822 nº 341
04216-000 são paulo sp
T 55 11 3385 8500
F 55 11 2063 4275
www.loyola.com.br